AS BEM-RESOLVIDAS (?)

Vol. 1

QUEM MANDA AQUI SOU EU!

Luis Eduardo Matta

AS BEM-RESOLVIDAS (?)

Vol. 1

QUEM MANDA AQUI SOU EU!

VERMELHO MARINHO

Rio de Janeiro

2011

Título Original: As Bem-Resolvidas (?) - Quem Manda Aqui Sou Eu!

Editor-chefe:
Tomaz Adour

Revisão:
Evelyn Fernandes
Thereza Christina Franco

Editoração Eletrônica:
Juliana Albuquerque

Capa:
Felipe Angell

Fotos da capa:
Felipe Angell

Texto revisado segundo o novo Acordo Ortográfico da Língua Portuguesa.

M4351b Matta, Luis Eduardo
As Bem-Resolvidas (?) - Quem Manda Aqui Sou Eu! /
Luis Eduardo Matta.
Rio de Janeiro: Vermelho Marinho, 2011.
200 p; 16x23 cm.

ISBN: 978-85-64298-39-2

1. Literatura Brasileira. 2. Juvenil. I. Título.

CDD: 028.5
CDU 821.134.3-93

EDITORA VERMELHO MARINHO USINA DE LETRAS LTDA
Rio de Janeiro – Departamento Editorial:
Rua Olga, 152 – Bonsucesso – Rio de Janeiro - RJ
CEP: 21041-140
www.editorausinadeletras.com.br

PRÓLOGO

Tudo levava a crer que seria uma tarde perfeita.

O sol forte de final de janeiro brilhava num céu limpo e sua luminosidade ofuscante se refletia na superfície da Baía da Guanabara.

Fazia calor, mas uma brisa soprava, refrescando a pista de dança improvisada, na beira do cais, onde garotas bonitas e estilosas e rapazes idem, todos com taças de *prosecco* ou garrafinhas de água na mão, se esbaldavam no ritmo do *techno* que saía das caixas de som.

Uma combinação gostosa de maresia e perfumes caros se espalhava pelo ar. Palmeiras plantadas em vasos enormes decoravam o passeio ao ar livre, montado na antiga zona portuária, para a Semana de Moda do Rio de Janeiro, um dos maiores e mais badalados eventos do gênero em toda a América do Sul. Famosos e anônimos circulavam por ali como se também estivessem desfilando. Todos querendo ver e ser vistos. Muitas mulheres com roupas curtíssimas. Alguns homens em grupos com camisas justas e óculos de sol de aros enormes.

Muitas mulheres. Alguns homens. A maioria deles *gay*.

De uma mesa na varanda refrigerada do *lounge* da revista de moda *Dona*, Christianne de Bettencourt suspirou desanimada, enquanto observava o vaivém de pessoas no cais e tomava mais um gole do *piscine* — drinque que consiste em champanhe com pedras de gelo, servido em taças de vinho. Tinha se produzido toda, na vã esperança de conhecer um gatinho naquele evento e agora estava claro que não conseguiria. Absolutamente ninguém tinha olhado para ela por mais de dois segundos desde que chegara. Nem às suas duas melhores amigas, Alessandra Penteado e Isabel Nogueira, sentadas à mesa com ela. Alessandra era filha de Ione Penteado, editora da *Dona*, que dera a elas os convites para o *lounge*.

Não dava para entender por que tamanha indiferença. Tudo bem que elas não eram as maiores beldades do planeta Terra, mas também não eram de se jogar fora. Christianne era uma longilínea e elegante filha de franceses, de pele muito clara e cabelos castanho-escuros escorridos batendo no ombro. Isabel, apesar de retraída e de se vestir com uma discrição um pouquinho além do normal, era dona de vistosos cabelos louros cacheados e um rosto levemente sardento, no qual reluziam dois grandes olhos verdes. Já Alessandra, a mais baixa e gordinha das três e nem um pouco preocupada com isso, era a que mais sucesso fazia entre os rapazes. Tinha cabelos castanho-claros, seios grandes e coxas grossas e era a única no grupo que estava namorando.

A triste e dolorosa verdade era que homens simplesmente não iam a eventos de moda. Os que iam estavam a trabalho ou à procura do mesmo que elas. Aos dezessete anos, Christianne só agora parecia estar começando a entender isso.

Ela amaldiçoou a própria burrice e, tentando fazer com que sua frustração não ficasse tão evidente, perguntou às duas amigas, apontando para a taça em sua mão:

— Odiei essa ideia de servirem champanhe com gelo. Com esse calor, o gelo derrete muito rápido e a bebida fica aguada — Christianne notou, então, que só Isabel estava ali. Alessandra tinha se levantado.

Isa respondeu:

— Um drinque mais ou menos para uma tarde bem mais ou menos. O que eu queria mesmo era que algum gato viesse falar com a gente. Se não pintar nenhum, podemos dar uma esticada naquele barzinho novo que abriu no Leblon. Nenhuma de nós vai sair de lá sem, pelo menos, ter beijado uns dois.

Chris fez cara de nojo.

— Que maneira de falar, Isa... Fica parecendo que somos um bando de desesperadas.

— Ai, Chris. Vai querer dar uma de santa agora e me enganar dizendo que não se importa de não ter conhecido ninguém em quase uma semana de evento?

Chris fez uma careta contrariada.

— Bem... — ela pigarreou, meio sem graça. — Tem aquela pista de dança lá fora. Dei uma olhada e têm uns caras muito gatos.

— Todos devem ter uns vinte e cinco, trinta anos. Vão achar que somos três pirralhas.

— Eu não estou nem um pouco a fim de me enfiar num barzinho muvuquento hoje.

— Eu também não — Isa torceu os lábios, contrariada. — Mas a última coisa que quero é me sentir uma encalhada. O que aquela lambisgoia da Bu Campello vai dizer quando a gente voltar às aulas, na segunda, e souber que passamos as férias sozinhas?

— Ela não precisa saber.

— Ela VAI saber, Chris! Aquela vaca é capaz de ir até o fim do mundo se for para azucrinar a gente — Isa começou a agitar as mãos, como sempre fazia quando ficava nervosa. — Ai, você já sabe como vai ser. É sempre o mesmo filme: a gente vai estar na cantina, a Bu vai se aproximar anunciando "Tô chegando, hein? Tô chegando!", vai perguntar como estão os nossos namorados, a gente vai engasgar na resposta, ela vai nos desafiar a aparecer com eles numa festinha qualquer, que ela vai bolar na última hora e, se a gente não for ou aparecer sozinha, ela vai espalhar para a cidade toda que somos um grupo de mal-amadas de quem ninguém está a fim.

— A cidade é muito grande — Chris tomou mais um gole do *piscine,* tentando fazer de conta que não dava a mínima. — Ela talvez espalhe só para o bairro. E eu não vou arrumar um namorado só para dar satisfação para a Bu Campello. Era só o que me faltava.

Elas notaram que Alê estava demorando a voltar e esticaram os olhos para ver a amiga no outro lado do *lounge*, discutindo com o garçom.

— Qual será a confusão que ela está armando agora? — Isa perguntou.

Alê tinha se levantado para chamar o garçom, que há dez minutos não passava pela mesa delas. Talvez porque achasse que três garotas de 17 anos deveriam estar bebendo refrigerante em vez de champanhe.

Alê voltou à mesa trazendo uma garrafa de Moët & Chandon cheia mergulhada num balde com gelo. Tratou logo de encher as taças das três.

— Acabei de descobrir que estamos sendo atendidas por um garçom mala — ela comentou indignada. — Vocês fazem ideia do que ele me disse olhando na minha cara?

Chris e Isa balançaram a cabeça negativamente.

— Que nós três estamos bêbadas! Pode um negócio desses?

Chris e Isa olharam para trás e, pela primeira vez desde que chegaram ao *lounge* há vinte minutos, se preocuparam em fazer um reconhecimento dele. O homenzinho tinha a cara mais inexpressiva do mundo. Uma cara de *nada*, de *coisa nenhuma*. Era como se seu rosto fosse liso como o de um manequim de vitrine de loja de perucas.

— Será que a gente não está mesmo? — Chris sentia-se mais aérea do que de costume. — Dizem que o bêbado é o único que não percebe que está bêbado.

— Eu não estou te achando bêbada — declarou Isa.

— É porque você também deve estar bêbada — retrucou Chris. — Também me contaram que um bêbado não sabe reconhecer quando outra pessoa está bêbada. Você e eu devemos estar no mesmo nível alcoólico.

— Querem saber? — Alê suspendeu sua taça — Se eu estiver bêbada, não estou nem aí. Que esse garçom metido pense o que quiser. E olha que ele nem sabe que sou filha da Ione Penteado. Não curto esse negócio de dar carteirada.

As três tinham assistido aos desfiles de Muriel Barreiros e de Thais Rocha e estavam fazendo hora para o desfile do ídolo *fashion* delas, o super-mega-ultra Porfírio Bravo, o *top designer* paulistano das hiperdescoladas. Não que elas se achassem muito descoladas. Mas a moda de Porfírio Bravo era uma boa maneira de se chegar lá. Ou, ao menos, de disfarçar enquanto não se chegava.

— E a escola, hein, gente? — Isa perguntou de repente. — Animadas para voltar às aulas?

— Você se animaria de ir para uma penitenciária se fosse condenada por um crime? — devolveu Chris, tomando um gole generoso do champanhe. — Tipo ser apanhada bêbada no *lounge* de um evento de moda?

— Eu sou inocente — Alê se apressou em dizer. — Mas o garçom maleta ali parece doido para condenar a gente — ela riu alto, provando que estava devidamente envolvida pelos efeitos do álcool.

As três se viraram novamente para mirar o garçom e deram de cara com dois rapazes, sentados numa mesa pouco adiante, que olhavam para elas fixamente.

Dois rapazes lindos, simpáticos, corpos definidos, cabelos no corte certo. Eram mais velhos. Deviam ter pouco mais de vinte anos. Estavam bem vestidos. O mais alto, de pele bem clarinha e cabelos ruivos, usava calça listrada, camiseta branca e um par de sapatos pretos que reluziam de tão novos. O amigo, mais forte, de cabelos castanhos e moreno de praia, vestia calça jeans, camiseta azul-bebê e sandálias bem descontraídas nos pés.

Parecia uma miragem.

— Vocês estão vendo o que eu estou vendo? — Isa chegou a estremecer por dentro. O champanhe tinha abolido a sua censura e ela era bem capaz de ir à mesa deles, mesmo sem ser convidada. — E eles estão olhando para nós.

— Fixamente — Alê sentiu um calafrio gostoso. — Se eles vierem sentar com a gente, sou até capaz de esquecer o desfile do Porfírio Bravo.

— Ah, isso não mesmo! — protestou Chris. — Você vai me desculpar, mas o desfile do Porfírio Bravo eu não perco nem que o astro mais gostoso de Hollywood me ligue agora para dizer que está me esperando num jatinho para passarmos uma semana de amor no Taiti. Inclusive porque eu vou saber que é um trote e vou desligar na hora.

Elas repararam que os gatos usavam as pulseirinhas roxas que davam livre acesso a todas as salas *vips* do evento. Eram as pulseirinhas mais cobiçadas pelos frequentadores da Semana de Moda e, infelizmente, as mais raras. Muito pouca gente tinha essa honraria.

E eles tiveram. Sinal de que eram importantes. Bem relacionados. Bem de vida. Além de simpáticos, gostosos, charmosos... E com cara de inteligentes.

— Será que os nossos problemas acabaram? — Alê perguntou, derretendo-se.

Chris encarou-a, indignada:

— "Nossos problemas"? Como assim, "nossos"? Você está namorando, esqueceu? — Chris parou de repente, percebendo tudo. — Ah, já entendi: terminou com o PH. De novo?

Isa começou a rir descontroladamente, enquanto a expressão de Alê se transfigurava numa carranca contrafeita.

— Ainda não.

— Já foram duas vezes só esse ano — Isa disse. — Se continuarem nesse ritmo, vocês dois vão acabar no *Guinness*, como o casal de namorados que mais terminou e voltou na História.

— O Pedro Henrique anda brigando direto comigo. Hoje, então, ele estava insuportável — comentou Alê, com voz de velório, tomando um enorme gole de champanhe. — Se a gente terminar mais uma vez, não sei se vou querer voltar.

— Você sempre diz isso — Chris balançou a cabeça. Já tinha visto aquele filme muitas vezes e, por mais que se esforçasse, não conseguia mais sentir pena da amiga e do seu "namorado-sanfona". — Qual foi o motivo da briga de hoje? A sua saia estava muito curta, seu celular estava desligado quando ele tentou te ligar umas vinte vezes, ou você foi dormir mais cedo e ele pensou que você tivesse caído na gandaia?

Alê fez um biquinho maroto:

— Dessa vez foi o celular desligado — nem ela se levava mais a sério. — Ele também odiou eu ter vindo para cá.

As três caíram na maior gargalhada. Chris chegou a jogar a cabeça para trás, fazendo seus cabelos escuros, compridos e brilhosos, balançarem num movimento sensual. Foi a deixa — ou aparentemente foi a deixa — para os charmosíssimos da mesa vizinha se aproximarem.

— Oi! — disse o mais alto deles. Chris pensou que seu coração iria parar de tão acelerado que ficou de repente.

— O...O...Oi!

— Tudo bem? — a voz dele era grave e delicada.

Chris ia responder "tudo", mas sua voz não saiu. Estava paralisada com aquela visão. O cara tinha iniciativa. Isso era... uau! Isso era totalmente ótimo.

— Você é linda!

As três trocaram olhares de admiração. Nunca antes na vida tinham sido abordadas por um cara tão direto, com tanta iniciativa.

E, além de tudo, um gato!

Chris ficou vermelha. E, como tinha de dizer alguma coisa, perguntou, enquanto as pernas se contorciam num misto de timidez e excitação:

— Você acha?

— Claro que eu acho — alguma coisa que parecia um sorriso se insinuou nos cantos da boca do bonitão. — Posso te fazer uma pergunta?

E foi aí que aquele mundo mágico, divino, encantador que ainda se anunciava começou a desmoronar.

— É que eu a-do-rei a sua pele, amiga — a voz dele saiu levemente afetada, o bastante para destruir de vez as expectativas do trio. — Tem um brilho, um frescor... Que maquiagem você usa? Dior? M.A.C.? Lancôme? Meu *partner* e eu estamos muito a fim de dar uma retrabalhada no nosso visual — ele deu uma viradinha para fitar o amigo. — Não é, querido?

O "amigo" piscou para ele, concordando. Chris, Alê e Isa sentiram o estômago cheio de champanhe se contorcer de decepção.

Aaaiii...

1

Durante a festa de *Réveillon*, celebrada no apartamento da insuportável tia Adélia — que tinha tantos mil anos de vida quanto plásticas no rosto —, Isa tomara uma única resolução de ano-novo: não iria mais para a escola no carro com motorista. Era uma mordomia que, sinceramente, dispensava.

A sede da Escola Internacional ficava a apenas um quarteirão de um ponto de ônibus. Tudo o que ela mais queria na vida era ter um pouco de liberdade, sem o pau-mandado dos pais vigiando seus passos. Já estava na hora de mostrar que podia andar com as próprias pernas — literalmente. E faria isso de uma maneira gradual ao longo dos próximos meses. Os pais não poderiam colocá-la à força num carro para sempre. E qualquer tentativa de impedi-la seria inútil, porque não adiantaria. Quando Isa tomava uma decisão, era para valer.

Quer dizer: quase sempre era para valer. Ou, melhor dizendo: às vezes. Só quando as circunstâncias permitiam.

Naquela manhã de segunda-feira, por exemplo, sentada no banco de trás, enquanto o motorista conduzia o veículo refrigerado silenciosamente, Isa dizia para si mesma que, tudo bem, não tinha ainda posto seu plano em prática, mas que era tudo uma questão de muito pouco tempo. Ela só precisava estudar o terreno, "sentir o clima", relembrar o trajeto diário de casa para a escola e vice-versa.

Começaria a fazer isso ainda hoje. Antes de tudo, porém, teria de arrumar uma maneira de os pais não saberem. Mas como, se eram eles que pagavam o motorista?

Estava com 17 anos. A menos de um ano de completar 18 e virar adulta. Ou seja: mais do que na hora de cuidar do próprio nariz. Sua mãe diria — como já dissera um milhão de vezes — que o motorista era para protegê-la. Mas Isa sabia que o que a mãe queria mesmo era vigiar todos os seus passos, como se ela ainda tivesse oito aninhos.

Ela pediu ao motorista para não descer em frente à escola. Alegou que os carros, ali, paravam em fila dupla, às vezes tripla, bagunçando todo o trânsito. Mas o homem respondeu que não, alegando:

— Desculpe, menina. Mas ordens são ordens — e parou o carro em frente à escola.

Isa saltou, misturando-se logo aos montes de alunos que lotavam a calçada naquele primeiro dia. Alguns conversavam despreocupadamente, ignorando que o sinal para a entrada iria tocar em instantes. Ela usava jeans e uma camiseta rosa clarinho e carregava a mochila pendurada num dos ombros e o fichário num dos braços. Não queria falar com ninguém agora, pois sabia que, se parasse, não conseguiria se desvencilhar tão cedo — e ela queria pegar um bom lugar na sala de aula. De preferência longe do "clube das mocreias".

Ela cruzou o portão e, quando atravessava o extenso corredor ajardinado que o pessoal chamava de "passarela", ouviu um assobio, seguido da inconfundível voz sebosa.

— Tô chegando, hein? Tô chegando!

Bu Campello era simplesmente a criatura mais intragável da face da Terra. Nascida para azucrinar os outros. Ela acelerou o passo para ficar bem ao lado de Isa e começou o interrogatório:

— O chofer te deixou aí na porta direitinho?

Isa fingiu que não ouviu.

— Não dá bom dia não, garota?

— Bom dia.

— Estou vendo que a menininha veio de rosinha hoje? — Bu falava com deboche. — Não trouxe uma fada de pelúcia para te fazer companhia na aula?

Isa olhou atravessado para Bu. Ela usava um *top* vermelho-cereja que mal cobria os enormes peitos siliconados e o cabelo castanho, com tantas luzes e reflexos, lembrava uma cauda de guaxinim.

— Para quê, se eu e a turma toda já temos a companhia de uma bruxa de carne e osso?

Bu soltou uma risada escandalosa. O golpe não surtira efeito.

— Onde é que a santinha de rosinha passou as férias? Rezando numa igreja?

— Não. Fazendo uma macumba para você sumir — Isa sorriu, numa careta. — Não por minha causa, mas porque o nível da escola fica muito baixo com você estudando aqui.

Bu ficou séria.

— Nível? Como assim, nível?

Isa havia tocado no ponto fraco de Bu — a falta de berço. Bu era filha de um homem humilde, que enriqueceu fabricando vassouras. Hoje a indústria da família estava entre as maiores do país. Por causa disso, a mãe de Bu, Matilde Campello, perua da alta-sociedade, era conhecida como a “rainha da piaçava”. Bu, portanto, tinha virado a “princesa da piaçava”, apelido que ela detestava.

— Você não sabe o que é nível? Logo você que baixa todos eles...?

Bu deu um passo à frente, desafiadora:

— Olha aqui, sua baranga. Você pensa que está falando com quem? Eu pego você no fim da aula e te faço picadinho, tá entendendo?

Aquela, sim, era a Bu Campello, a verdadeira.

Isa se assustou, mas não deixou transparecer. O pior a fazer era demonstrar fraqueza.

— Tô com um meeeeeedo... — ela disse, com deboche.

— Ah, é? Duvida?

A tensão tinha atingido um nível crítico, mas durou pouco. Logo Chris apareceu, dando um abraço forte em Isa.

— Aaaaii, que bom que estamos de volta. Estava te procurando lá fora — a garota parou e mediu Bu Campello dos pés a cabeça. — Ué, você deu para conversar com esse tipo de gente agora?

— E isso lá é gente? — Isa acrescentou.

As duas riram, deixando Bu roxa de ódio.

— Vocês vão se arrepender de ter nascido! — ela rosnou. — Vou aprontar tanto com vocês, mas tanto, que vocês vão me pedir piedade de joelhos.

Ela afastou-se pisando pesado.

— Toma cuidado para não errar o número da sala, viu, ô Bruna Matilde? — Chris gritou o nome completo de Bu, com as mãos em concha em volta da boca. — Aliás, você sabe ler números?

Em seguida, virou, séria, para Isa:

— E você, toma cuidado com essa aí. O que é que te deu para ficar batendo papo com Sua Insolência?

— Ela é que veio bater papo comigo.

— E te provocar, é claro.

— O que você acha?

Chris soltou um suspiro desanimado.

— Já vi que vamos ter um ano difííícil...

Nisso, viram um rapaz passar por elas, com a cabeça baixa. Era branco, fortinho, tinha o cabelo curtinho, encaracolado, e olhos grandes, escuros. Parecia tenso e pensativo.

Isa não conseguiu tirar os olhos dele até perdê-lo de vista, sentindo o coração bater um pouquinho mais rápido do que o normal. Por uma fração de segundo, se viu envolvendo-o em seus braços, enquanto ele lhe beijava o pescoço. O garoto, definitivamente, era o seu tipo. Até no jeito caladão, meio na dele. Foi encantamento à primeira vista. Como era possível que nunca tivesse reparado nele antes?

— Você sabe quem é ele? — ela perguntou, esticando o pescoço e inclinando a cabeça em direção ao rapaz que se distanciava.

Chris sacudiu os ombros. Para ser franca, nem o notara direito.

2

No ano anterior, Chris e Isa começaram a desconfiar de que havia alguma coisa errada com Marta, a professora de História da Arte. Não sabiam bem o quê. Era como um quebra-cabeça todo montado, em que duas peças estavam trocadas. Uma desarmonia no conjunto da obra. Marta era boa professora e, sem dúvida, bastante preparada para a função (do contrário não lecionaria na Internacional), mas algo no comportamento dela sugeria uma falha de caráter.

Chris, que não era de esperar passivamente que as coisas acontecessem, começou a prestar atenção e sentiu uma estranha sintonia entre a professora e Bu Campello. Percebeu que Marta dava uma atenção especial a Bu e não era tão severa com ela quanto com o resto da turma. Não era uma coisa óbvia. Era realmente preciso estar atento para notar.

Na mesma hora, ela pôs seus talentos detetivescos para trabalhar. Vasculhou a internet e descobriu perfis da professora em vários *sites* de relacionamento. E em quase todos eles, ela era amiga... de quem? Bu Campello. Até aí, nada demais. Muitos professores e alunos se conectavam no mundo virtual. Só que Marta e Bu pareciam mais próximas do que o normal. E, mais do que isso, pareciam se encontrar com alguma frequência fora da internet e longe da escola.

Foi com alguma surpresa que Chris descobriu que Marta tinha estado em duas festas agitadas e luxuriantes, regadas a muito champanhe, que a mãe de Bu dera em casa. Até aí (de novo), nada demais. O que havia de errado em se convidar um professor para festas em casa? Professor também é gente, afinal de contas. E, pelo menos os que Chris conhecia, pareciam ser todos muito agradáveis socialmente, do tipo que sempre tinham assunto, que se enturmavam com facilidade, etc. O grande problema era quando a intimidade se refletia em sala de aula. Chris achava que Bu, ao convidar Marta para as festas da mãe, estava meio que comprando a amizade dela. Marta era uma mulher de classe média que visivelmente se deslumbrava com o mundo dourado dos novos-ricos, do qual Bu e sua família faziam parte. E que, para não perder todo esse glamour ao qual não teria acesso de outra maneira, procurava facilitar a vida de Bu na escola. Não era o comportamento, digamos, mais decente de um professor no exercício da sua profissão.

Foi pensando nisso que Chris, sentada em sua carteira ao lado de Isa, assistiu aos primeiros vinte minutos de aula, com Marta conversando descontraidamente com os alunos e pedindo-lhes para falar de suas férias. Era tradição na Internacional que a primeira aula de cada semestre — não importasse a matéria — fosse dedicada a uma interação entre os alunos, tendo as férias de cada um como tema.

Marta ouviu pacientemente Bu se gabar de como seu verão tinha sido maravilhoso, falando em quantas praias e festas estivera, quanta gente legal conhecera, quantos garotos beijara na boca, que ficara bronzeada o tempo todo e blábláblá, blóblóbló... Uma história chatíssima e, ainda por cima, mal contada. Não só porque muita coisa ali parecia inventada ou exagerada, mas porque Bu não sabia organizar as frases direito. Ela, literalmente, contava mal uma história. Como uma professora de História da Arte, que lidava com cultura, podia achar isso lindo?

Chris tinha acabado de chegar à conclusão de que a humanidade era mesmo um caso perdido, quando Marta agradeceu a Bu e apontou o dedo diretamente para ela.

— Christianne de Bettencourt? Sua vez. Levante-se, por favor.

Na Internacional tinha-se o hábito de chamar os alunos pelo nome e sobrenome. Chris não entendia por que chamavam Bu de Bruna Campello, em vez de falar o nome completo dela: Bruna Matilde Campello da Silva.

Quando Chris se levantou, Bu e suas companheiras do "Clube das Mocreias" começaram a soltar os risinhos de sempre e a sussurrar entre elas. Chris fez de conta que não percebeu.

— Sim, professora?

— Onde passou suas férias?

Tudo bem que era uma tradição, mas Chris achava esse negócio de falar sobre as férias no primeiro dia de aula coisa de escola ridícula.

— Numa geladeira?

A voz viera da parte da sala onde Bu e suas cúmplices estavam entocadas. Um ninho de víboras.

Todos olharam para lá, interrogativamente. Chris fez questão de se manter imperturbável. Era a melhor resposta às provocações.

— Geladeira? — quem fez a pergunta foi Lucas, um garoto loirinho com princípio precoce de calvície e cara de fuinha, que tocava baixo e dava em cima de todas as garotas, sem nunca ter ficado com nenhuma.

— É — disse Bu, olhando para Chris. — Você tá tão branca. Quase transparente. Pensei até que estivesse doente. Se não passou o verão numa geladeira, onde foi, então? Num CTI? Ahahahah...

E puxou o coro das risadas, que ecoaram com força pela sala. Chris tentou se lembrar se, na infância, ela atirou pedra na cruz ou algo assim para ter de passar por aquilo.

Ela esperou pacientemente as risadas cessarem e respondeu com a voz mais suave que a de uma freira:

— Eu passei as férias na Europa, onde estava frio e nublado. Fui hóspede do Marquês de Aberdeenshire no seu castelo no norte da Escócia.

Silêncio de morte na sala. Chris olhou direto para Bu e completou:

— O marquês é amigo da minha família.

Bu e as amigas haviam parado de rir e agora pareciam contrariadas pela revelação de Chris que, obviamente, havia passado férias majestosas entre nobres europeus num castelo. Aquilo fazia qualquer programa de verão parecer a coisa mais vulgar do mundo.

A professora pareceu entusiasmada e estimulou Chris a falar mais.

— Que fantástico, Christianne. Fale-nos da Escócia.

— É um lugar muito bonito, cheio de história e as paisagens são lindas. Devem ser ainda mais no verão. No inverno faz muito frio e está tudo sempre nublado, coberto de neve e sem vegetação — ela riu ao dizer: — Não deixa mesmo de ser uma geladeira.

A sala veio abaixo. Todo mundo caiu na gargalhada. Menos, é claro, Bu e suas amigas que ficaram mais emburradas ainda.

E menos, também, Isa. Ela estava quieta, quase paralisada, como se estivesse dormindo com os olhos abertos, totalmente alheia ao que acontecia ao redor.

— Como era o castelo? — quis saber Marta, que parecia deslumbrada com o relato. Estava na cara que ela adorava esses papos de nobreza. Eita, mulherzinha deslumbrada...

E, Bu, mais uma vez, soltou uma das suas pérolas:

— Você brincou bastante de princesa?

Desta vez só duas das amigas dela riram. Chris ignorou-a.

— É um típico castelo medieval. Tem muralhas fortificadas, torres, portão levadiço...

— Tinha fosso com jacarés? Te confundiram com um deles? — Bu estava se comportando como uma débil mental. E a professora não fazia nada para ela calar a boca.

Chris respirou fundo. Isa continuava congelada ao seu lado.

— O castelo foi construído no Século XIII — prosseguiu Chris. — E é claro que passou por várias reformas de lá pra cá. Dentro dele havia um salão lindo todo em estilo rococó.

Bu caiu na risada:

— Rococó... Ahahahah... Rococó... Só você mesmo pra ficar falando todos esses detalhezinhos: portão levadiço, rococó... Se fosse eu, diria que era um salão enfeitado num castelo velho. E pronto!

Chris olhou para Marta, perguntando silenciosamente: "você não vai mesmo fazer nada para essa idiota com cérebro de ameba em coma parar de falar besteira?" E a resposta, também silenciosa, parecia ser: "não, é claro que não. Senão perco minha boca-livre com champanhe, salmão e caviar".

Ela se sentou de novo. Olhou de soslaio para Isa, que permanecia sem se mexer. Agora ela sorria suavemente. Seus olhinhos pareciam brilhar. Cada vez Chris entendia menos.

Marta perguntou, dirigindo-se a todos:

— Algum de vocês se lembra das aulas do ano passado em que falamos do estilo Rococó?

Ninguém respondeu.

Quer dizer: ninguém respondeu algo inteligente.

— Professora — disse Bu, com a voz impostada —, eu não entendo o que o Rococó vai ser útil na minha vida. Nem se eu for arquiteta. Porque hoje em dia não se usam mais essas coisas.

— Cultura nunca é demais.

— Eu não preciso de cultura. Já sou linda, gostosa e rica.

Em qualquer outra escola, aquilo seria motivo para uma expulsão de sala. Mas na Internacional o único impacto que causou foi um coro de assobios maliciosos entre os colegas.

Marta sorriu constrangida para Bu e voltou a falar com a turma:

— Gente, vocês já se esqueceram das nossas aulas sobre o Rococó? Não é possível.

Chris não se conteve e levantou-se novamente, mesmo detestando a ideia de voltar a ficar em destaque.

— Muito bem, Christianne de Bettencourt. Você, pelo visto, não esqueceu, não é? Explique para a turma o que é o Rococó.

— Isso, velhota — gritou Bu. O "velhota" era para Chris. — Conta para todo mundo como era o "ro-co-có" do castelo. Enquanto você passou as férias curtindo essas velharias de tia solteirona junto de um bando de velhos, eu e a galera aqui nos amarramos num verão maneiro, com sol, gente jovem, *raves* e muito beijo na boca.

Não deu mais para segurar. Chris falou, levantando a voz:

— Antes de definir o Rococó, eu queria explicar para a turma o que é uma mocreia.

Pela primeira vez, Marta pareceu tensa. Mas Chris continuou:

— Uma mocreia é uma entidade maligna que nasce nas profundezas do inferno. Ela habita salas de aula de colégios caros e adora perturbar os outros com uma burrice orgulhosa.

— Pare, Christianne — protestou a professora.

As risadas se multiplicavam aos poucos pela sala. O rosto de Bu estava contorcido de ódio e seus olhos eram duas brasas. Isa continuava imóvel, absorvida pelos próprios pensamentos, fossem lá qual fossem.

— Para reconhecer uma mocreia, basta reparar na aparência, na atitude e no caráter. Hoje em dia é moda entre as mocreias destruir o cabelo com reflexos e transformar os seios em airbags. Ah, e as mocreias não são famosas pela sua inteligência e nem pela elegância. São estúpidas, grossas e vulgares.

A turma toda agora gargalhava com vontade. Bu pôs-se de pé:

— Cala a boca! Se eu sou mocreia, você é uma velhota de dezessete anos.

Chris olhou-a com a cara mais sonsa do mundo.

— Ah, você estava aí? Eu nem tinha reparado. Juro que não sabia que a carapuça lhe serviria tão bem.

— Christianne de Bettencourt!! — berrou a professora, com raiva. — Você foi longe demais. Isso são modos de se falar de uma colega como Bruna Campello? Retire-se da sala agora e vá para a coordenação.

Chris já esperava por isso. Ela ficou em dúvida se lamentava aquela expulsão ou se dava graças a Deus por poder passar o restante da aula longe das "mocreíces" de Bu que, naquele momento, a fulminava com o seu olhar mais caprichado de "você vai se arrepender de ter nascido".

Antes de deixar a carteira, Chris olhou para Isa e seguiu o olhar dela. Estava fixo num ponto na outra extremidade da sala. Mais precisamente num garoto sentado, sozinho numa carteira, parecendo totalmente deslocado.

Era o carinha bonitinho e retraído que passara por elas mais cedo na entrada da escola. Se estivessem num desenho animado, Chris veria coraçõezinhos vermelhos voando ao redor da cabeça de Isa.

3

Se Alê não tivesse se segurado, teria jogado o sorvete na cara dele. O sorvete só não, a cadeira onde estava sentada também. E a mesa. Aliás, todas as mesas da sorveteria. Sua raiva era tanta, mas tanta que PH deveria agradecer a Deus por ela ser contra a violência.

Aquela era a vigésima nona discussão grave e a décima sexta vez que terminavam (sim, ela contara). A última discussão, na véspera de sua viagem ao Uruguai com a mãe tinha durado vinte e quatro minutos e eles levaram seis dias, dezenove horas e trinta e dois minutos para voltar. Desta vez, a briga foi mais feia e durou trinta e sete minutos. Ou foram trinta e oito? Alê estava tão furiosa, que nem conseguiu contar direito. Tudo culpa daquele mala metido e seus ataques de ciúmes esquizofrênicos. Por que Pedro Henrique tinha de ser assim? Por que tinha de cismar com tudo e sempre armar o maior barraco?

E por que ela, a doce e inocente Alê, continuava apaixonada por ele? Havia, pelo menos, uns cinco carinhas *top* de linha super a fim dela, mas Alê insistia em continuar com aquele namoro "sanfona" do vai-não-vai. As amigas até já tinham apelidado PH de "sanfoneiro". Era um namoro totalmente desmoralizado.

A sorveteria, na Praça Nossa Senhora da Paz, estava cheia no momento da briga e ficou todo mundo olhando para eles como se estivessem assistindo a uma cena dramática de novela. Ao sair de lá, deixando PH sozinho na mesa, ela estava tão furiosa, que custou a ouvir o celular tocando dentro da bolsa.

Era Isa.

— Alê? Onde você está?

— Na Visconde de Pirajá.

— Que bom. Eu e a Chris estamos no Terraço Alfa. Vem encontrar com a gente aqui. Estamos esperando.

— Chego em cinco minutos.

O Terraço Alfa, um misto de bar e restaurante, ocupava toda a cobertura do luxuoso Grand Hotel Alfa Ipanema, na Rua Prudente de Morais. De lá se tinha uma vista maravilhosa do mar e do Morro Dois Irmãos, de um lado, e da Lagoa Rodrigo de Freitas e do Corcovado, do outro. As meninas contavam com uma mesa discreta sempre à disposição delas num canto reservado junto à janela que dava para a Lagoa. O Terraço Alfa era o lugar das reuniões secretas, onde elas podiam falar e beber à vontade.

Quando Alessandra desceu do elevador, foi recebida por Lourival, o garçom que sempre as atendia como se fosse um amigo de infância.

— Nossa... Você está com uma cara de má hoje...

— Acabo de ficar solteira de novo, Lô.

Lourival soltou uma das risadinhas entre dentes, cínicas e abafadas, que eram a marca registrada dele.

— E por quanto tempo será dessa vez? Uns três dias...? Ehehehehe.

— Não tem graça, tá legal?

— Oh — ele respondeu, sarcástico. — Então, me desculpe.

Lourival levou-a até a mesa, onde Christianne e Isabel a aguardavam. Chris também não estava com uma expressão lá muito animada. Só Isa parecia alegre.

— Acho que vocês estão precisando de um drinque — disse Lô. — Os papais de vocês não vão brigar se eu trouxer um Bloody Mary para cada uma, não é?

— Não, mas se puder ser uma garrafa de champanhe num balde com gelo e três taças, eles vão brigar menos ainda — respondeu Chris.

— *Oui, madame*. É pra já.

Quando Lourival se afastou, Chris disse a Alê:

— Já soube que o sanfoneiro dançou de novo.

— Não quero falar sobre isso... — respondeu Alê, desanimada.

— O que ele aprontou dessa vez?

Alê franziu a testa, calculando por onde começar:

— Basicamente, deu um show quando me viu de minissaia.

Chris e Isa baixaram os olhos para analisar a roupa de Alê.

— Não está tão curta — comentou Isa.

— Para o Pedro Henrique, qualquer saia que não vá até o tornozelo é curta.

— Então, ele deve achar o máximo aquelas muçulmanas de burca — riu Isa.

— Mas não foi só isso. A gente estava numa sorveteria. Ele fez um escândalo quando eu fui pedir um sorvete no balcão. Achou que eu estava dando em cima do funcionário que me atendeu. Vê se pode? E começou a discutir aos berros comigo e com ele.

— Eu não entendo como é que você aguenta esse cara — disse Chris. — Ele não tem nada de especial e vocês vivem brigando.

Alê começou a chorar.

— Mas eu amo ele...

— Ai, que lindo — derreteu-se Isa.

Lourival apareceu empurrando um carrinho com um vistoso balde de prata cheio de gelo e uma garrafa de Taittinger Brut.

— O que aconteceu? — ele perguntou para Alê, enquanto abria o champanhe e enchia três taças. — Já se arrependeu de ter largado o sanfoneiro?

Alê protestou com o rosto todo molhado de lágrimas:

— Ai, Lô. Até você chama ele de sanfoneiro?

— Sem querer ofender a classe dos sanfoneiros, é claro.

— Não liga, Lô — disse Chris. — Ninguém mais leva ela a sério quando o assunto é o Sanfona.

— Sabia, Alê, que tem uns garçons solteiros e bonitinhos trabalhando aqui? — Lô tinha que levar tudo sempre na gozação. — Quer que eu te apresente?

— Não... — Alê respondeu, ríspida.

— Olha que são rapazes trabalhadores.

— Não!

Alê, definitivamente, não estava de bom humor.

— Não insiste, Lô. Daqui a dois dias ela e PH já estão juntos de novo — disse Isa.

— Se precisarem de mim, é só estalar os dedos — Lô declarou sorridente e deixou-as a sós de novo.

Alê tomou um longo gole do champanhe e perguntou:

— Já contei a minha novidade. Agora quero saber a de vocês? Como foi hoje lá na Internacional? Procurei por vocês e não encontrei.

— Bem, Chris teve um probleminha — contou Isa.

— Na verdade, eu tenho um problemão. Aliás, eu e toda a turma, com exceção da Bu Mocreia e daquelas antas que vivem babando atrás dela.

— O que aconteceu?

— Ela foi expulsa da aula de História da Arte porque provocou a Bu de uma maneira meio... meio direta demais.

— Não foi uma provocação direta coisíssima nenhuma — Chris estava indignada. — A Bu vestiu a carapuça porque quis. Eu nem pronunciei o nome dela.

— E daí, Chris? — Alê tentou animá-la. — Ser expulsa de uma aula de História da Arte não é o pior dos mundos.

— Eu sei que não. E não é isso que me incomoda. O problema é que a professora virou amiguinha da Bu fora da escola. Já foi até a festas na casa de Sua Insolência. Existe uma espécie de pacto não-declarado entre elas. A Bu fala as coisas mais podres em sala de aula e a professora não reage. Isso não está certo.

Alê tomou um gole de champanhe.

— Tudo bem, mas... por que isso é tão importante?

— Você acha isso legal?

— Claro que não. O que eu quero saber é por que isso te incomoda tanto.

— Você não entende? Assim como a Bu comprou a professora Marta com festas, champanhe e talvez outros presentinhos, ela pode estar fazendo ou pensando em fazer a mesma coisa com mais professores. As pessoas se vendem com muita facilidade. Bu é nossa inimiga. Ela pode usar essas alianças para nos prejudicar de alguma maneira.

— OK. Entendi. E você está pensando em fazer alguma coisa para detê-la... É isso?

— Eu quero fazer, mas não sei o quê. Precisamos pensar num plano.

— Por que não denunciamos a professora ao diretor Fonteles? — Isa perguntou.

— Por várias razões. A primeira delas é porque o diretor Fonteles vai achar que eu estou querendo me vingar da expulsão de hoje.

— O que não é totalmente mentira, né? — zombou Isa, terminando de esvaziar sua taça e enchendo-a com mais champanhe.

Chris achou graça da colocação:

— É isso que você pensa de mim? — Chris falou, bem-humorada. — Que eu sou uma mulher maquiavélica?

— Ela e eu pensamos isso — comentou Alê. — Mas como nós duas também somos, perdoamos você.

— O diretor Fonteles vai achar que você quer se vingar. Já entendemos essa parte e concordamos — disse Isa, retomando o assunto. — Qual a segunda razão para não denunciar a Marta?

— Nós não temos provas. Mesmo que alguém na diretoria acredite na nossa história, não poderá fazer nada. E é claro que a Marta vai ficar sabendo que nós a denunciamos. E não vai achar isso uma atitude muito fofa da nossa parte. O que significa que a barra poderá pesar ainda mais para o nosso lado. Ninguém merece ter uma professora como inimiga. Nem a de História da Arte.

— Como é que você sabe que ela frequenta as festas da Bu? — indagou Alê.

— Porque a Bu já comentou várias vezes. E eu já vi umas fotos de duas dessas festas em perfis da Bu e da Amanda Amaral na internet. Simples assim.

— Então, por que não mostramos essas fotos ao diretor Fonteles?

— É muito pouco, Alê. Que mal há em ir a festas? Precisamos de alguma coisa mais incriminadora, entende? Temos que provar que essa amizade entre as duas está interferindo nas aulas.

Alê compreendia a aflição das duas, mas, sinceramente, não conseguia se preocupar tanto com as relações sociais de uma professora quando tinha acabado de brigar feio com o namorado.

— A Bu podia, ao menos, ter escolhido comprar a professora de alguma matéria decisiva para o vestibular, tipo Português ou Matemática, em vez de História da Arte, né?

Chris teve vontade de rir.

— E quem disse que aquela ogra pensa em vestibular? Ela já é a Princesa da Piaçava, esqueceu?

— Na sua turma não rola nada parecido, Alê? — perguntou Isa.

— A Marta não dá aula na minha turma. Nosso professor de História da Arte é o Orlando.

— Que é um fofo — completou Isa.

— Nunca tive aula com a Marta — acrescentou Alê.

Lô apareceu novamente, trazendo uma vistosa travessa oval de prata.

— Com licença, senhoritas. Sabia que não se deve beber sem comer?

— Obrigada, Lô, mas não estamos com fome — disse Alê.

— Mas vão ficar agora — ele exibiu a travessa para as três. — Pedi ao *chef* para preparar essas oito bruschettas especialmente para as meninas mais bem-resolvidas de toda a cidade. Quatro são de brie, Parma e figo de Málaga e quatro de abobrinha, ricota e caviar.

Isa pousou os olhos, gulosos, nas bruschettas:

— Esse caviar é legítimo ou é ova de lompa?

— Russo legítimo, é claro. De esturjão — Lô pousou a travessa na mesa. — Posso fazer uma pergunta? Por que "sanfona"? Nunca entendi direito...

Chris apanhou uma das bruschettas que não levavam caviar e respondeu:

— Você está se referindo ao namorado marrento da Alê, com quem ela vai voltar daqui a alguns dias, depois de quase terem se matado hoje? É porque eles terminam e voltam, terminam e voltam... Assim como o fole da sanfona, que vai e vem, vai e vem...

Lô sorriu, vitorioso:

— Era o que eu desconfiava. Não seria, então, o caso de mudar para bumerangue? Que a gente lança e ele volta?

Alê estava pasma, sem acreditar que aquela conversa absurda se desenrolava bem no nariz dela. Que falta de respeito com os seus mais puros sentimentos...

— É uma ideia — disse Chris. — Estamos pensando em mudar o apelido do namoro. Afinal, sanfona já está ficando meio batido mesmo.

— Vocês querem parar? — protestou Alê.

— Mas eu acho tão fofo quando eles voltam — disse Isa. — É um sinal de que o amor vence tudo.

Chris sorriu maliciosamente para ela:

— Por falar nisso, eu vi que você ficou vidrada num garoto novo lá na sala hoje.

Alê e Lô exclamaram ao mesmo tempo:

— Jura?!

Isa corou tão ferozmente que as sardas do seu rosto pareceram se unir umas às outras.

— Que garoto? — ela se fez de desentendida.

— Aquele de quem você não tirava o olho.

— Nossa, Isaaaa!!! — gritou Lô. — Será que, finalmente, você desencalha, menina?

Isa olhou indignada para Lô. O pior era que ele estava quase certo, embora ela jamais fosse admitir publicamente. Era uma vergonha estar com quase 18 anos e nunca ter ficado a sério com nenhum garoto. Embora sua lista de paixonites fosse extensa.

— Lô, que coisa feia de se dizer — ela protestou. — Eu não sou encalhada.

— Como não? — Lô se empolgou. — Você está sempre sozinha. E sonhando, sonhando, com um herói que venha te salvar montado num cavalo alado...

— Se você está sonhando mesmo com isso, Isa, desista — riu Chris, apanhando outra bruschetta. — O garoto entrou e saiu da escola sem abrir a boca. Nunca vi tão tímido.

— É porque ele é novo na escola — argumentou Isa. — Deve estar se sentindo deslocado, tadinho.

— Caramba, você está mesmo a fim dele, hein? — admirou-se Alê, também apanhando uma bruschetta. — Para ficar defendendo ele desse jeito...

Isa teve de rir. Para que ficar escondendo uma coisa daquelas das melhores amigas?

— Tudo bem, eu assumo. Fiquei interessada nele, sim. Mas ainda não estou apaixonada. É cedo. Afinal, como a Chris disse, ele não falou nada — ela deu um suspiro. — Mas eu achei uma gracinha essa timidez dele. Me pareceu um menino tão... desprotegido.

— E se ele for chato? — perguntou Alê.

— Os tímidos costumam ser muito intensos — falou Lô. — Têm uma vida interior riquíssima. E se a exterior for também, melhor ainda. Principalmente se o bolso for bem rico, não é verdade?

— Bem, hoje foi o primeiro dia de aula e ele ainda terá oportunidade de falar muito — disse Chris, enchendo sua taça com mais champanhe e voltando-se para Isa. — Só precisamos tomar cuidado para a Bu não perceber que você está a fim do cara. Senão ela vai fazer de tudo para atrapalhar. Temos que ser discretíssimas.

4

Quando, na manhã seguinte, Isa chegou à escola, novamente sentada no banco de trás do carro com motorista, novamente contrariada por causa disso e, novamente, jurando que seria a última vez, surpreendeu-se ao ver que havia um comitê de recepção à sua espera na porta.

Bastou ela por um pé para fora do carro, que as vaias começaram:

— UUUUUUUUUUUUUUUUHHHHHHHHHH!!!!!

Bu Campello estava à frente, claro. Isa nem precisou olhar para ela para adivinhar. Quem mais organizaria uma coisa tão fofa?

— A rainha da Internacional chegou, gente! — Bu anunciou, com maldade. — De carruagem e com cocheiro, vocês viram só?!

As outras desataram a rir maldosamente. Enquanto isso, Isa continuou andando sem olhar para os lados, tentando vencer a muvuca e alcançar a porta da escola. Nessas horas, o melhor a fazer era fingir não estar dando a mínima. Mas era difícil fingir numa circunstância assim. Falando com sinceridade: que pessoa normal e sensível realmente não se importaria em ser agredida daquela maneira?

— Vamos lá, gente! — Bu continuava, parecendo cada vez mais empolgada. — Vamos saudar nossa rainha como ela merece.

Um paredão de meninas asquerosas se formou na frente de Isa, impedindo-a de avançar. Duas delas seguraram seus braços. Elas eram fortes e Isa tentou reagir, mas não conseguiu se mover. Começou a entrar em desespero, mas o pior ainda estava por vir. Ela sentiu algo molenga e molhado caindo sobre o cabelo louro e escorrendo pelo rosto. Lutou com raiva para se soltar, mas as garotas aumentaram as forças sobre seus braços. Uma segunda coisa molhada foi jogada, desta vez direto nas suas costas. Isa ouviu a voz de Bu atrás de si.

— Olha que linda você está ficando, rainha! Toda enfeitada!

As risadas coletivas aumentaram. Todas estavam se divertindo sadicamente à custa dela. De repente, as coisas molengas e molhadas se multiplicaram e passaram a ser arremessadas de todos os lados, atingindo o seu corpo de cima abaixo. Quando uma delas estourou no seu rosto, Isa descobriu, enfim, do que se tratava. Bu e as amigas estavam lhe atirando papel higiênico molhado. Sua roupa já estava quase toda coberta. Ela nem queria imaginar como estava o cabelo.

Isa não conseguia se livrar das patas assassinas daquelas vadias. Mas, que droga, por que ninguém aparecia para ajudá-la? Será que todo mundo estava amando vê-la ser humilhada?

Ela, então, olhou para o lado e viu. O garoto novo em quem estava interessada. Ele olhava horrorizado na direção dela. Mais do que horrorizado, estava assustado. Seu olhar mesclava indignação e piedade. Isa sentiu que, se ele pudesse, interviria para libertá-la daquela verdadeira tortura. Mas ele não podia. Era recém-chegado e caso se metesse a valentão, seria o próximo a sofrer as consequências. O pessoal não perdoava os calouros.

O garoto permanecia estático na calçada, olhando direto para ela, enquanto Bu e as amigas continuavam cobrindo-a de papel molhado e puxando o coro das risadas. Isa queria morrer. Ou então se meter no fundo de uma caverna no Afeganistão e ficar incomunicável lá pelos próximos oitenta anos.

O som de uma sirene encheu o ar. Uma viatura da polícia parou na calçada e dois homens fardados desceram.

Uma voz familiar se fez ouvir no meio do burburinho.

— São aquelas ali.

Era a voz de Alê. Isa sorriu ao vê-la se aproximar seguida de dois policiais. As meninas que a seguravam, largaram-na na mesma hora. Bu abandonou o balde com o resto de papel molhado na calçada e começou a sair de mansinho em direção à escola, mas alguém se colocou na sua frente.

— Está indo embora, querida? — perguntou Chris. — Mas logo agora que a festa vai ficar mais animada?

Bu encarou-a com um ódio profundo. Um policial segurou-lhe um dos braços e perguntou:

— É essa a causadora da confusão?

— Ela mesma. Mas é bom o senhor tomar cuidado. A pele dessa cobra queima e envenena. E não se esqueça de levar, também, o resto da gangue.

5

O diretor Saulo Fonteles estava nervoso quando desceu de seu carro em frente à delegacia, situada a cinco quarteirões da Escola Internacional. Era um homem grandalhão, de cabelos grisalhos penteados para trás, sempre vestido de terno e gravata e cara de poucos amigos. Ele enxugou a testa com um lenço branco e foi andando, escoltado por um homem mais moço, também de terno, que, pela postura e modo de falar, parecia ser um advogado.

Bu Campello e suas comparsas estavam, naquele momento, prestando depoimento lá dentro. Os dois andaram os poucos metros que separavam o meio-fio do prédio da delegacia e se preparavam para abrir a porta, quando o diretor Fonteles notou as duas meninas calmamente sentadas na mureta da rampa em frente à entrada.

Ele as reconheceu na hora:

— O que vocês estão fazendo aqui? Por que não estão na aula?

— Nossa amiga sofreu uma violência na frente da escola — respondeu Alê. — Viemos servir de testemunhas e dar nosso apoio moral.

O diretor Fonteles fez um gesto para o engravatado que o acompanhava entrar na delegacia, indicando que iria em seguida.

— Vocês planejaram tudo? — ele perguntou, olhando para Chris.

Chris percebeu o que ele queria dizer, mas se fez de desentendida.

— Tudo o quê?

— Foi uma armadilha para Bruna Campello, não foi? — o diretor parecia muito contrariado. — A professora Marta a expulsou de sala ontem por causa de um desentendimento seu com Bruna Campello e você pode estar querendo se vingar agora.

Chris não entendia por que toda aquela gente da escola tinha tanto interesse em proteger Bu. Será que o diretor também frequentava as festas dela?

— Olha, diretor, isso o que o senhor está insinuando é um absurdo. O senhor me desculpe, mas mesmo que eu quisesse armar contra a Bu... a Bruna Campello, eu não faria aquela maldade com uma das minhas melhores amigas. A Bruna fez o que fez porque quis.

— Só que a polícia chegou rápido demais... — o diretor falava agora por entre os dentes, visivelmente segurando a própria raiva. — Foi você que chamou?

— Não! — Alê levantou o dedo. — Quando cheguei à escola, a polícia tinha aparecido.

Ele voltou-se para Chris, que tratou logo de dizer:

— Também não fui eu.

— Que diabos... A polícia não era para ter sido chamada. Podíamos ter resolvido tudo lá mesmo na escola.

— Não podíamos — falou Chris. — A violência aconteceu fora da escola.

Chris e Alê também acharam um exagero a presença da polícia. Era como usar uma metralhadora para matar um rato. Mas já que ela tinha aparecido e enquadrado Bu, as duas defenderiam a operação até a morte, se preciso fosse.

— Mesmo assim — protestou o diretor, que estava a um passo de perder o controle. — A violência é abominável, mas antes da polícia aparecer, tudo poderia ser encarado como uma brincadeira de mau-gosto de um bando de meninas adolescentes. Agora, com alunas minhas detidas, virou um escândalo. Ah, se eu descubro quem fez isso...

Então era essa a preocupação dele. Só a imagem da escola interessava. A integridade de uma aluna era um detalhezinho bobo. Chris duvidava que o diretor fosse fazer alguma coisa se a polícia não tivesse entrado na história.

— O senhor devia selecionar melhor as suas alunas, diretor...

— Não venha me dizer como eu devo ou não administrar a minha escola!

Chris ignorou a agressão.

— Estou falando sério. A Bruna é uma garota baixa, vulgar e perigosa. O senhor acha normal o que ela fez hoje?

— Essas bagunças fazem parte da adolescência.

— Bagunça é uma coisa — falou Alê. — Agressão a uma colega é outra. Isso hoje foi uma agressão.

O diretor passou novamente o lenço pelo rosto.

— Eu não estou insensível ao que Isabel Nogueira passou hoje. Mesmo a confusão tendo acontecido fora da escola, daremos toda a assistência a ela.

A mesma mania de tratar os alunos sempre pelo nome e sobrenome, uma espécie de marca registrada da Internacional.

Chris sentiu que havia chegado a hora:

— Apoiar a Isabel é o mínimo que o senhor pode fazer para que o escândalo não seja completo.

O diretor falou sem convicção:

— Não haverá escândalo. Três funcionários nossos foram incumbidos de passar o dia ligando para jornais e emissoras de rádio e TV para abafar o caso.

Alê e Chris não conseguiram conter a gargalhada. O diretor não gostou.

— Pode-se saber qual é a graça?

Chris esclareceu:

— Diretor Fonteles, o senhor acha mesmo que vai conseguir abafar alguma coisa ligando para a TV e os jornais? Estamos na era da internet. É ela que dita a informação hoje. A essa hora a notícia de que uma aluna da Internacional foi agredida por colegas na porta da escola já está em blogs e em todas as redes sociais virtuais.

A cor sumiu do rosto do diretor Fonteles. Ele conferiu o relógio. Não havia se passado nem uma hora.

— Impossível, minha jovem. Tem muito pouco tempo e...

Chris puxou seu *iPhone* da mochila e usou-o para acessar o Twitter. Logo encontrou o tópico #*Violência na Internacional* (que, por sinal, ela própria havia criado. Mas o diretor não precisava saber disso) que já havia sido replicado trezentas vezes e passou o aparelho ao diretor, que o olhou aterrorizado. Chris pensou que o queixo dele fosse cair no chão.

Havia links para fotos e vídeos feitos dos celulares dos próprios alunos mostrando Isa sendo coberta por baldes de papel higiênico molhado e os comentários, no Twitter e fora dele, eram incendiários. Muitos acusavam a escola de ser corresponsável e pediam justiça. O diretor Fonteles perdeu o pouco de pose que lhe restava e entrou num desespero total.

— Minha nossa! O que é que eu faço agora? Isso pode arruinar a escola.

— Arruinar eu acho que não — opinou Chris, recolhendo o *iPhone* das mãos suarentas do diretor e guardando-o novamente na mochila. — Mas pode, sim, arranhar a reputação da Internacional, que corre o risco de ficar conhecida como "a escola do *bullying* de papel higiênico".

Fonteles estava com o olhar completamente perdido. Nem parecia registrar o que elas diziam.

— Mas é claro que sempre existe uma maneira de fazer com que a escola não seja tão prejudicada — falou Alê. — E eu acho que sei qual é.

O diretor despertou do seu suposto transe.

— Sabe? Então fala.

— A escola tem que mostrar que não é conivente com o que aconteceu à Isabel. Deve punir a Bruna e as cúmplices dela e anunciar isso publicamente.

O diretor pareceu revoltado.

— Você está me sugerindo o quê, menina? Expor uma aluna minha à ira assassina da mídia? Isso é condenável.

— Condenável foi o que essa aluna sua fez — Chris levantou-se, endurecendo o tom. — E, além do mais, é a única saída que o senhor tem para evitar que o nome da escola fique ligado a esse episódio horroroso. Passe a mão na cabeça da Bru-na Cam-pel-lo — Chris soletrou o nome com deboche — e o senhor vai mostrar que está do lado dela. Do lado de uma meliante desclassificada que humilha colegas.

O diretor ficou pensativo por alguns instantes, como que pesando os prós e contras de uma decisão.

— Seja como for, Christianne de Bettencourt e Alessandra Penteado, eu não posso expulsar Bruna Campello, mesmo que eu quisesse — ele falou, quase se justificando. — Por mais grave que tenha sido o delito, ele não é suficiente para uma retaliação extrema como uma expulsão.

— E quem falou em expulsão? — perguntou Chris. — É claro que, para mim, a Chris e a Isa, seria maravilhoso ver aquela lambisgoia fedorenta longe de nós. De preferência num lugar tipo o Alasca. Mas o senhor precisa puni-la de alguma forma. Uma suspensão provisória talvez baste.

O diretor torceu os lábios, ainda hesitante.

— E vocês acham que se... se eu punir Bruna Campello e suas amigas, isso terá boa repercussão?

Chris e Alê já tinham planejado tudo. Foi Alê que respondeu, sem disfarçar um sorriso maléfico:

— Pode ter certeza que sim, diretor. Talvez até uma repercussão ainda maior.

* * *

Menos de uma hora mais tarde, ao deixarem a delegacia, Bu e suas quatro cúmplices foram recepcionadas na calçada por uma multidão de fotógrafos, a maioria deles amigos de amigos e pessoas recrutadas nas redes sociais, todas dispostas a, nas palavras de Alê, registrar o "mico do mês".

Em dez minutos aquelas imagens, devidamente sublinhadas pelos comentários ácidos dos seus autores, estariam correndo a internet, se replicando como vírus numa epidemia. O diretor Fonteles havia passado meia-hora na delegacia e informado a Bu que ela havia recebido uma suspensão por dez dias. E para ser readmitida, teria de pedir desculpas publicamente a Isa e confessar seu arrependimento. Bu nada dissera e Chris duvidava que o fizesse. Ela preferiria morrer ou mudar de escola a dar o braço a torcer para as suas três inimigas.

Foi com um misto de horror e raiva que ela encarou as dúzias de fotógrafos à sua espera. A mãe havia mandado um carro para apanhá-la, mas Bu precisaria passar pelos fotógrafos para chegar até ele. Por um momento, pensou em voltar para a delegacia e se trancar em algum lugar lá dentro, mas seria perda de tempo. Muitas fotografias já haviam sido feitas àquela altura. Ela só queria entender como toda aquela gente sabia que ela estava ali.

— Tem um carro com motorista esperando por você em frente ao prédio aqui ao lado.

Era a voz de Chris. Bu virou-se assustada e a viu caminhar na direção dela, seguida por Alê.

— O engraçado — continuou Chris — é que você se acha no direito de ter um carro com motorista à disposição, mas a Isabel não pode fazer a mesma coisa, senão leva papel molhado na cara. Aliás, como é que você vai à escola todos os dias mesmo, hein?

Bu fulminou-a com um olhar mortal.

— Cala a boca!

Chris e Alê deram alguns passos adiante.

— O que você vai fazer? — perguntou Alê. — Vai agredir a gente também?

— Foram vocês que chamaram esses fotógrafos?

Elas não responderam, deixando que Bu tirasse suas conclusões.

— Foi Vossa Insolência que começou isso tudo, Bu — disse Chris. — Não reclame.

— Vocês vão me pagar caro!

Chris balançou a cabeça com desdém.

— Você está começando a ficar repetitiva com essas ameaças.

— Pode até ser, sua baranga. Só que eu cumpro as minhas ameaças. Viu hoje o que fiz com sua amiguinha delicadinha? É a prova. E com vocês vai ser muito pior.

Chris e Alê não tinham nenhuma dúvida disso. E, por alguma razão, Bu não as assustava, mesmo cientes dos riscos que corriam.

— Estamos com tanto medo, Buzinha... — zombou Alê, simulando uma tremedeira com as mãos. — Você nem faz ideia.

6

Enfiada debaixo do edredom, com o quarto lacrado e o ar-condicionado ligado no máximo, Isa queria sumir do mundo. Ela tinha passado rapidamente na delegacia somente para registrar queixa da agressão e prestar depoimento e, mesmo assim, porque Chris e Alê insistiram muito. Saiu de lá o mais depressa que pôde, chorando e cobrindo a cabeça com a mochila, como se fosse uma criminosa, para esconder o rosto. Entrou no carro com motorista que Bu tanto ridicularizava e foi direto para casa.

Chris tentou ligar para ela, no telefone de casa e no celular, mas ela não atendeu. Então, esperou o final das aulas e rumou direto da escola para o prédio dela, na Fonte da Saudade. Alê ia junto, mas, quando estavam se preparando para tomar o ônibus, o celular dela tocou. O número de PH surgiu no identificador de chamadas.

Alê chegou a hesitar em atender, mas o coração falou mais alto e ela acabou não só falando com ele, como se despedindo apressadamente de Chris e desaparecendo no mesmo instante. Chris não impediu e tomou um táxi para a Fonte da Saudade, pensando que o amor de Alê por PH devia ser mesmo muito forte para ela aguentar um namoro instável com um garoto grudento e nervosinho.

Chris estava preocupada com Isa e não era de hoje. Podia ser só coisa da sua cabeça, mas ela não se conformava da amiga estar sozinha há tanto tempo. Isa era carente e frágil e precisava de um namorado atencioso. O fato de ela ter se interessado por um garoto tão depressa era positivo. Principalmente porque ele parecia ser do tipo calmo, que vivia no mesmo ritmo dela. Os dois talvez só precisassem de um empurrão de fora e Chris estava disposta a dá-lo.

O prédio de Isa ficava de frente para a Lagoa Rodrigo de Freitas. Chris tomou o elevador até a cobertura e, ao saltar, deu de cara com o pai da amiga, que a esperava com a porta do apartamento aberta, um sorriso quadrado no rosto e o inseparável copo de uísque numa das mãos.

Chris sentiu um arrepio desagradável. Olavo Nogueira era uma das criaturas mais chatas que ela conhecia. Só perdia, é claro, para Bu Campello e suas amigas-amebas. Com a voz anasalada e levemente arrastada por causa do um litro de uísque escocês 15 anos que ele bebia todos os dias, *seu* Nogueira era dono de trinta apartamentos na região da Fonte da Saudade e tinha como principal ocupação infernizar a vida dos amigos, dos amigos dos amigos, dos parentes e dos amigos dos parentes com propostas de aluguel de algum desses imóveis. Dos trinta, sempre havia pelo menos uns dez vagos e ele parecia sempre desesperado para empurrá-lo para a primeira pessoa que se dispusesse a desembolsar o valor (alto) do aluguel.

— Olá, Eliane — ele estendeu a mão e Chris retribuiu. — Que prazer em revê-la.

Ah, sim: outra característica, digamos, "exótica", de seu Nogueira era confundir o nome de todo mundo. Podia ser uma pessoa que ele já vira centenas de vezes, como era o caso das amigas da filha. É claro que o uísque ajudava, e muito, nesse processo. Chris nem se dava mais o trabalho de corrigir. Seria perda de tempo e só ajudaria a estender uma conversa que ela queria que terminasse rápido.

— Oi, seu Nogueira. Vim ver a Isa. O senhor já deve ter sabido o que aconteceu hoje, né?

Seu Nogueira tomou um gole do uísque.

— O negócio do papel molhado? Pois é. Minha filha acha que já é Carnaval. Logo ela que nem gosta de pular Carnaval.

O rosto de Chris se retorceu num misto de choque e descrença. Como é que é? Seu Nogueira estava achando que a filha tinha saído para pular Carnaval?

— Seu Nogueira, a Isabel foi agredida na porta da escola.

Ele soltou uma gargalhada alta que doeu nos tímpanos de Chris e caminhou até o bar para despejar mais uísque no copo.

— Eu estava brincando, Claudiane — ele tomou mais um gole da bebida. — Aliás e a propósito: a senhorita mora onde mesmo?

Estava demorando.

— Na Avenida Atlântica, seu Nogueira. No mesmo endereço desde que nasci.

Ele repetiu o gesto condescendente com a cabeça, que ele sempre fazia antes de iniciar o discurso de sempre:

— Avenida Atlântica, é? Certo, certo... — ele pigarreou. — Lugar bonito, sem dúvida. Já foi bom. Já foi muito bom: Bossa Nova... Beco das Garrafas... Anos Dourados... praia limpa... Mas veja hoje: muitos assaltos, trânsito infernal, sujeira, aqueles shows na areia que fazem a maior zona... A Fonte da Saudade não tem esses problemas. É o bairro ideal para uma jovem dama como a senhorita morar.

Chris sorriu amarelo para ele:

— Principalmente, se for num dos seus apartamentos, não é, seu Nogueira? — ela perguntou, com um deboche que o velho, aparentemente, não percebeu. Ou fingiu não perceber.

— A senhorita já está ficando maiorzinha. Daqui a pouco vai estar na idade de casar, não é?

"Maiorzinha" ninguém merece.

— Eu não penso em me casar antes dos trinta anos...

— A senhorita vai ter que escolher um apartamento bacana para morar com o seu maridinho — continuou seu Nogueira, como se ela não tivesse falado nada. — Veja: a Fonte da Saudade é o lugar: ruas arborizadas, junto da Lagoa, vizinhança de alto nível, tranquilidade...

Chris sentiu um calafrio ao perceber que aquela conversa poderia não terminar nunca. Se ela cometesse algum crime, uma das piores punições que poderia receber, seria ficar presa durante um mês num quarto com seu Nogueira tentando lhe alugar um apartamento. Sem contar que o bafo de uísque dele parecia ficar cada vez mais forte. Se alguém riscasse um fósforo ali agora, o prédio iria pelos ares.

— Tudo bem, seu Nogueira. Eu vou pensar com carinho na sua proposta, está bem? O senhor pode avisar à Isa que eu estou aqui?

— Pode ir lá ao quarto dela. A Isabel já se lavou e está numa ótima, jiboiando na cama. Acho que esse papel molhado tem efeito sonífero. Estou até pensando em encomendar um pouco para mim, para misturar no uísque — e soltou uma gargalhada, como se tivesse achado o comentário engraçadíssimo. Chris tratou de cair fora dali o quanto antes.

Encontrou Isa deitada na cama, totalmente coberta pelo edredom. Nem os cabelos apareciam. Ao seu lado, Pitoco, o cachorrinho Lhasa Apso dela, dormia todo encolhidinho. O quarto parecia um frigorífico de tão gelado. Chris desligou o ar-condicionado sem a menor cerimônia e Isa foi obrigada a descobrir a cabeça.

— Ei, quem mandou desligar o ar?

Chris não respondeu. Abriu a janela e o sol da tarde entrou, quase queimando os olhos de Isa.

— O que você está fazendo aqui? Não quero que ninguém me veja assim — Isa começou a chorar. — Eu quero morreeeeeeeeeerrrrr!!!!

Acordado pela movimentação repentina, Pitoco espreguiçou-se na cama, correu para Isa e ficou lambendo o rosto dela.

— Para de ser ridícula — ralhou Chris. — Eu vim para te ajudar.

Vendo que seu drama não teria uma plateia à altura, Isa decidiu maneirar.

— A Alê veio também? — ela agora agarrava Pitoco como se fosse um bicho de pelúcia.

— Foi encontrar o PH — Chris sentou-se e ficou fazendo carinho na cabeça de Pitoco. — Ele ligou todo choroso e a idiota saiu correndo atrás dele. Talvez já estejam juntos de novo. Desta vez, a separação foi curta. Menos de um dia. Incrível!

Isa suspirou, desanimada:

— Sorte a dela. Eu queria esquecer que esse dia aconteceu. Nunca passei tanta vergonha na minha vida. Todo mundo assistiu. Até o gatinho novo.

— Rogério.

Isa parou de chorar na mesma hora.

— O quê?

— O nome do seu gatinho é Rogério. Eu e a Alê investigamos.

Isa endireitou-se na cama e passou a mão no cabelo, que ainda tinha restos de papel, agora ressecado.

— Perderam o tempo de vocês. Não quero mais nada com ele. Ele não fez nada para me ajudar. Ficou assistindo a tudo parado que nem um mané.

Pitoco desceu da cama e correu para arranhar a porta. Com certeza ele precisava urgentemente fazer xixi. Chris abriu-a e o cãozinho saiu em disparada pelo corredor.

— Você está enganada — Chris respondeu, enquanto fechava a porta novamente. — Foi ele que avisou à polícia, sabia?

Isa arregalou os olhos, espantada.

— Jura? Pensei que tivesse sido você e a Alê...

— O diretor Fonteles também pensou. Mas nós apenas explicamos a situação para os guardas quando eles apareceram.

Isa estava maravilhada com a notícia. De repente, todo o seu ânimo voltou.

— Como você soube que foi o gatinho que chamou a polícia?

— O gatinho tem nome, sua porta. Rogério, RO-GÉ-RIO.

Isa quase riu.

— Tudo bem... Como você soube que o RO-GÉ-RIO chamou a polícia?

— Porque a ligação para a polícia foi feita do celular dele. O diretor não sossegou enquanto não descobriu quem fez a denúncia. Ele ficou uma fera pela polícia ter sido chamada. Acha que isso vai prejudicar a escola...

— Prejudicar a escola?! — Isa revoltou-se. — Mas e eu?!

— Não espere gestos de generosidade do diretor Fonteles. Ele é um burocrata estúpido. Mesmo assim suspendeu a Bu Campello por dez dias. A notícia já está correndo a internet com foto e tudo — Chris começou a rir descontroladamente. — Você precisava ver a cara da mocreia. Ahahahah... Pensei que ela fosse ter um filho na minha frente de tanta raiva.

Isa não ficou muito entusiasmada.

— Isso não é bom sinal. Significa que vai querer se vingar de novo.

— Já pensei nisso.

— E aí?

Chris deu de ombros.

— Não podemos fazer muita coisa, além de ficar atentas. Alê disse que vai tentar vigiar os passos dela pela internet, mas não sei se vai conseguir descobrir muita coisa.

Isa caminhou até o enorme espelho que ficava ao lado da porta do quarto e analisou o cabelo, desgostosa.

— Preciso de uma ducha urgente — ela virou-se para Chris. — Você acha que o fato do gatinh... do Rogério ter ligado para a polícia pode significar que ele gostou de mim?

— Sinceramente? Pode. Como também pode significar que ele é um cara legal, que não gosta de ver uma pessoa sendo agredida.

— O diretor Fonteles vai fazer alguma coisa contra ele?

— Por ele ter avisado à polícia? Duvido. A não ser que a escola sofra um prejuízo enorme com a notícia. Mas isso não deve rolar — Chris fez uma vozinha dengosa para completar: — Não precisa se preocupar com o seu amorzinho.

Isa corou.

— Para! Ele não é o meu amorzinho!

— Ainda não, mas a gente pode dar um jeito para que passe a ser. Você está mesmo a fim dele?

Isa pensou um pouco:

— Bem... Eu não conheço ele direito... Aliás, eu nem falei ainda com ele, mas... sei lá, eu...

— Está ou não está?

Isa torceu os lábios e cruzou os braços no peito numa atitude defensiva.

— Eu queria conhecer ele melhor. Achei ele tão interessante e bonitinho... Queria ver se rolava alguma coisa legal entre a gente.

Mil coisas passavam pela cabeça de Chris. Isa percebeu no ato.

— O que você está tramando?

— Você achou o cara bonitinho. Já parou para pensar que outras garotas podem estar achando a mesma coisa?

Isa não gostou de ouvir aquilo. Chris estava certa.

— Hoje em dia a mulherada não perde tempo, amiga — Chris continuou. — Os gatos interessantes são poucos no meio de um bando de tipinhos retardados que não sabem conversar sobre nada que não seja futebol, carros e *games*. Se esse Rogério for mesmo um cara especial, as meninas vão cair matando em cima e você vai ficar chupando o dedo, tentando adivinhar se ele te quer... ou se ele não te quer.

— Então, você quer que eu caia matando em cima dele também? Mas eu nunca fiz isso.

— Todo mundo tem uma primeira vez.

— Eu não vou conseguir, Chris. Sou tímida demais.

— Quando eu falo cair matando, sua tonta, não é se atirar em cima dele. É tomar algum tipo sutil de iniciativa. É fazer com que ele perceba que você está a fim. O garoto não abre a boca. Está na cara que ele é ainda mais tímido do que você.

— Sim, mas...

— Como é que você quer que um supertímido chegue numa garota? Ainda mais uma garota de quem ele está a fim?

Isa bufou. Chris a estava enlouquecendo com aquele bombardeio de palavras.

— A gente não sabe se ele está a fim de mim — resmungou ela. — Aliás, eu acho que não está. Melhor eu parar de sonhar e cair na real.

— Cair na real? Como assim, cair na real? Cair em que real? Você tem é que ir à luta.

Isa revoltou-se para valer:

— Chris, eu não posso azarar um garoto com quem eu nunca falei. Eu nem sei como é a voz dele, que droga! Se ele tiver um mínimo de noção, vai me achar uma idiota!

— Só se ele for um jumento. Aí nem vai valer a pena você ficar com ele — Chris aproximou-se de Isa pelas costas e segurou-lhe os dois ombros. — Mas nós temos uma maneira de resolver tudo isso.

Isa virou-se para encarar Chris.

— Nós? Temos?

— Eu tenho um plano. E com a Bu longe da escola, vai ser mais fácil colocá-lo em prática.

Isa não gostava nada daquelas ideias repentinas e entusiasmadas de Chris. Quando os olhos dela brilhavam, era sinal de perigo. E eles pareciam estar pegando fogo agora.

— Você não vai me meter em nenhum perrengue, vai?

— Não! — exclamou Chris, abrindo um sorriso entusiasmado — Vamos dar uma festa.

7

— É isso o que você tem para me dizer? — perguntou Alê, sem acreditar que PH tivesse ligado para ela e armado todo aquele drama para fazê-la se encontrar com ele à toa. — Que não se arrepende de nada do que fez?

Os dois tinham saído do Café Globus, na Rua Joana Angélica e estavam, agora, sentados num dos bancos de frente para a Lagoa Rodrigo de Freitas. A tarde estava nublada, porém quente. PH tinha tentado uma reconciliação, mas não queria admitir que errara ao quase destruir a sorveteria ontem por causa de um ciúme ridículo.

Ele olhou para Alê e respondeu:

— *Tu* é muito mimada. Acha que tá sempre certa. Se a gente terminar pra valer, duvido que *tu* encontre outro que te ame mais do que eu.

— Vai se ferrar!

— Não adianta bancar a durona. *Tu* veio correndo me ver. É a maior prova de que me ama também.

Era verdade e, agora, Alê se recriminava por isso. Mas ela não iria confessar isso àquele idiota nem sob tortura.

— O Pedro Henrique que eu amo não é esse jumento grosso e imaturo, que tem ataque por qualquer coisa.

— Eu só tô colocando limites no que é meu.

Alê não conseguia acreditar que tinha ouvido aquilo:

— No que é *seu*? Quer dizer que você acha que eu sou sua propriedade, seu idiota?

— Não. Mas é *minha* namorada. Eu não gosto de ver esse monte de carinhas te cercando e chamando de gostosa.

Alê não perdeu a chance de provocá-lo.

— Que culpa eu tenho de ser gostosa?

A raiva de PH aumentou. Era exatamente o que ela queria.

— Tem culpa, sim. *Tu* veste essas roupas curtinhas, fica aí se mostrando... Tá careca de saber que a rapaziada não perdoa. Os caras são abusados. *Tu* faz isso de propósito pra mostrar que pode tudo, que é a gostosona e que pode me substituir quando quiser.

— Mas eu posso te substituir quando eu quiser. Aliás, ando querendo cada vez mais — a última frase era verdade apenas em parte e doeu em Alê ter que soltá-la.

PH lançou um olhar duro para ela:

— Se *tu* fizer isso, tua vida vai virar um inferno, sacou?

— Experimenta e eu te mando para a cadeia!

PH olhou-a mais um pouco e, parecendo cansado da discussão, baixou a cabeça amparando-a entre as duas mãos.

— Por que é que tem que ser assim entre a gente? Pô, eu te amo, caramba! Por que nunca dá pra gente ficar numa boa?

Alê não conseguiu ficar comovida com a cena. Brega demais. Era a milésima vez que o via fazer aquilo. Ele não era nem um pouco original no dramalhão.

Fez-se silêncio. PH ergueu a cabeça para encarar Alê, com ar decepcionado.

— *Tu* não vai falar nada?

Ela balançou a cabeça:

— Não.

— O que é que te deu?

— Lucidez. E pena de você. E de mim também, por ter perdido tanto tempo num namoro fracassado com um mané sem noção. E, ainda por cima, brega, melodramático e ridículo.

PH agarrou os braços de Alê e obrigou-a a encará-lo bem de perto.

— Me solta — protestou ela. Mas não tinha tanta certeza disso. A pegada dele era boa e ela adorava aquelas mãos fortes.

— *Tu* não tá falando sério quando diz que não gosta mais de mim. Olha nos meus olhos e diz que não me ama. Diz, diz!

— Me solta, senão eu vou gritar — mas o que ela queria mesmo era que PH a abraçasse e beijasse. A boca dele, muito perto da sua, era uma tentação e ela podia sentir o cheiro da respiração dele.

— Eu te amo, gata!

Não fala assim. Eu perco o juízo. E preciso me manter firme.

— Chega!

Alê, cuidadosamente, afastou as mãos dele e levantou-se. Seu coração sangrava, mas ela estava orgulhosa de não ter cedido.

— Vou embora. Tenho que estudar e ainda preciso visitar a Isabel que foi agredida hoje.

Os olhos dela encontraram os de PH, que estava novamente carrancudo.

— A culpa é delas, não é?

Alê arregalou os olhos, interrogativamente.

— Culpa de quê? Delas quem?

— Das tuas amigas mal-amadas. Da Isabel e daquela Christianne irritante e metida. Elas é que ficam fazendo a tua cabeça contra mim.

Alê quase riu. Ele era mesmo muito ridículo.

— Tchau mesmo, Pedro Henrique. Vê se me esquece, tá legal?

— Elas vão se ver comigo.

Alê sentiu os nervos ferverem. Estreitou os olhos para ele.

— Quer um conselho? Não provoque as minhas amigas. Você não é páreo para elas e vai sair perdendo feio. Vai por mim.

E aproveitou que o semáforo havia acabado de abrir para os pedestres e atravessou correndo as duas pistas da Avenida Epitácio Pessoa. Só quando se viu sozinha a três quarteirões da Lagoa numa das alamedas residenciais de Ipanema e, sem nenhum sinal de que PH a seguira, foi que relaxou e começou a chorar.

Droga de vida!

8

Enquanto Arnaldo, o professor de História, traçava de forma detalhada um paralelo entre o Cristianismo e o Islamismo durante a Baixa Idade Média, comparando a Bagdá do Século XI à Florença da Renascença, Isa não parava de pensar em como as aulas eram melhores sem a presença do grupinho de Bu. O ambiente era perceptivelmente mais agradável e alegre. Parecia um conto de fadas, quando a bruxa má era derrotada e todo o mal que ela tinha semeado desaparecia instantaneamente, como por encanto.

Pena que seria por pouco tempo. Apenas dez dias de suspensão, ao final dos quais, a bruxa estaria de volta.

O professor tinha uma cara engraçada. Era gorducho e quase careca, com os poucos fios restantes cuidadosamente colados ao couro cabeludo, tinha olhos pequeninos e um farto bigode grisalho que o fazia parecer uma morsa. Alguns alunos o apelidaram, pelas costas, é claro, de Leôncio, por causa da semelhança com o personagem do desenho *Pica-Pau*. Mas ensinava muito bem. Conhecia a fundo todos os assuntos que abordava e falava deles com paixão e numa linguagem clara, que todo mundo entendia e gostava.

Na chegada à escola, os colegas cumprimentaram Isa normalmente, como se o incidente do dia anterior jamais tivesse ocorrido. Ela achou estranho, mas, é claro, gostou. Estava morta de medo das gozações que, certamente, viriam. Adolescentes adoravam implicar uns com os outros pelos motivos mais tolos, por que não implicariam com o banho de papel higiênico molhado? Isa já começava, até, a se conformar em ser chamada de "a garota do papel higiênico" pelo resto do ano, mas nada disso, pelo visto, aconteceria. E ela custou a entender a razão: Bu não estava por perto. Era ela sempre quem puxava o coro das venenosas. Pelo visto, o alívio era geral pela ausência dela.

A sala estava tranquila. E Rogério estava lá, no cantinho dele, calado e compenetrado como na segunda-feira. A cada minuto que passava, Isa se encantava mais por ele. Ainda mais depois que soube que foi ele o seu grande salvador. O príncipe que, se não a salvou com um cavalo branco (OK, isso era cafona demais, mas não dava para resistir), ligou para a polícia que veio libertá-la.

Rogério não olhava para trás, nem para os lados, nem falava com ninguém. Olhava apenas para o professor "Leôncio" e tomava notas no seu caderno. Ele devia ser muito inteligente. E ter uma vida interior, tipo assim, bem intensa. Lô, do Terraço Alfa, adorava dizer que os homens calados tinham essa tal de vida interior intensa, que ardiam de paixão por dentro e eram os melhores amantes. Isa lembrou-se disso e seu interesse por Rô (ops, já estava chamando Rogério de Rô? Menos, Isa, menos...) subiu um pouquinho.

Como faria para falar com ele? Não queria fazer isso na escola, pois alguém podia ver e contar para todo mundo e em vinte minutos até o pipoqueiro que ficava na calçada em frente à escola saberia de todos os detalhes. Até os que não existiam.

A timidez era uma doença paralisante. Uma verdadeira maldição. Nesse ponto, até a Bu levava vantagem sobre ela. A mocreia podia ser chata, grossa, vulgar e metida, mas dizia o que queria, quando queria e

Isa duvidava que caso fosse ela a estar interessada em Rogério, já não o teria abordado sem nenhum acanhamento.

Agora era torcer para a ideia maluca da Chris de dar uma festa para ele funcionar. Isa ainda não tinha digerido aquilo muito bem. Chris era mestra em ter ideias mirabolantes para resolver coisas minúsculas. Isa nunca soube que era preciso oferecer uma festa de arromba para um carinha por quem se estava interessada. Bastava chegar nele e pronto. Mas como Isa não chegaria mesmo, então a festa era uma boa alternativa. Até porque Rogério não facilitava a vida dela. Nem ao menos uma olhadinha ele dava para trás...

Quando "Leôncio" encerrou a aula e se retirou da sala, o habitual burburinho tomou conta do local. A próxima aula, a última naquela manhã, seria de Língua Portuguesa. Chris aproveitou e cochichou a Isa:

— O que você vai fazer hoje à tarde?

Isa olhou para o lado, despertando do transe "rogérico".

— Combinei com a Alê de estudar na casa dela. Estou meio que boiando em Hidrostática e ela saca bem de Física.

E emendou:

— Por quê?

Chris respondeu, falando bem baixinho:

— Porque acabei de receber um torpedo da gerente do Club N. Ela falou que podemos fazer a festa para o seu amorzinho lá. Estou pensando em passar lá hoje.

Isa a encarou, bestificada:

— O quê? Você quer dar a festa no Club N?

— Qual o problema?

— Aquele lugar deve ser uma fortuna. E é enorme. Pensei que a festa fosse na sua casa, ou na minha, ou na da Alê...

— Nem pensar. Festa é festa e tem que ser sempre um evento inesquecível. Só falta você sugerir que façamos tudo no playground do seu prédio, servindo cajuzinhos e salgadinhos decorados com florzinhas de tomate...

Isa suspirou, agoniada. Chris continuou:

— Além disso, nós temos dezessete anos e não podemos entrar em qualquer lugar, a não ser em matinê. E ir a uma matinê, vamos combinar, é a maior humilhação, né não? No Club N temos entrada garantida.

Isa entregou os pontos:

— Tudo bem, tudo bem... Não dá mesmo para discutir com você. Quantas pessoas você está pensando em convidar?

— Só as que importam. É claro que não vamos alugar o Club N inteiro. Eu estava pensando em reservar aquele segundo *lounge*. Acho que umas vinte ou trinta pessoas estão bem. Pode deixar que eu vou arranjar tudo. O seu "amoreco" vai ficar impressionado.

Isa ficou sem graça.

— Para de falar assim, Chris.

— Amiga, se você não se soltar agora, a festa vai ser um desastre para o que a gente está pretendendo. Você vai ter que tomar uma atitude uma hora ou outra. E se ficar envergonhada com cada menção do nome do gato, vai ser difícil, né?

O embaraço de Isa subiu mais um grau.

— Mesmo porque você vai ter de fazer o convite a ele. E é bom que seja até amanhã para ele poder se preparar.

A cor fugiu do rosto de Isa:

— Eu v-vou ter que... co-convi...

— Exatamente — respondeu Chris, estranhando de verdade a reação da amiga. — Você é quem vai ter que convidar o Rogério para a festa. Se eu convidar, ele é capaz de pensar que quem quer ficar com ele sou eu.

— Mas eu não tenho cara de chegar nele e convidar para a festa. O que é que eu vou dizer?

— É claro que a única coisa que você não vai dizer é que estamos fazendo isso tudo por causa dele. Você pode falar que vamos dar uma festa para os amigos e que gostaríamos que ele fosse. Ou que queremos apresentá-lo a outras pessoas, já que ele é novo na escola... Pretextos não faltam. Use a sua criatividade.

Isa estava desesperada.

— Chris, eu não tenho coragem. Sou capaz de ter um treco na frente dele antes de dizer qualquer coisa.

— Trate de dar um jeito. A festa vai ser sábado e hoje já é quarta. Isa, será que você não vê que esse primeiro passo pode ser importante para você e ele se aproximarem?

A professora de Português entrou na sala e todo mundo, imediatamente, se calou. Dona Edith era uma senhora atarracada que nunca devia ter sorrido na vida. Parecia saída de um romance do Século XIX e era exigente e implacável. Todos tinham o maior medo dela.

Ela não deu nem bom dia e foi logo falando, quase sem respirar entre uma frase e outra:

— Abram o livro de literatura na página 8. Quero que transcrevam o conto "Relíquias de Casa Velha" de Machado de Assis, que no livro está na grafia original de 1906, para a ortografia atual sem usar dicionário, nem nenhum texto de referência. Vocês têm vinte e três minutos para fazer isso. E, ao final da transcrição, façam uma análise minuciosa de cada uma das alterações, com notas explicativas, justificando cada uma delas. Além disso, vocês terão mais dezesseis minutos para situar o conto nos dias de hoje, fazendo analogias e mencionando episódios equivalentes, se os há. Em trinta e nove minutos quero ambos os trabalhos concluídos, sem rasuras, em letra legível, para que iniciemos os depoimentos orais sobre...

E continuou a falar sem parar. As aulas de dona Edith eram o terror. Mas Isa e Chris ainda preferiam aturá-la à professora Marta e sua estranha tolerância em relação às megeras. Elas ainda iriam descobrir por que Marta agia assim. Ali tinha coisa.

Antes mesmo de dona Edith parar de falar, Rogério, na sua carteira, já estava totalmente concentrado no texto. Ele era mesmo muito aplicado. Um homem responsável. Isa suspirou por dentro, imaginando que ele daria um ótimo maridinho.

9

Alê estava angustiada e revoltada. Havia muito tempo não se sentia assim. Nas outras quinze vezes que terminara com PH — com exceção das duas primeiras que foram meio traumáticas, justamente por terem sido as duas primeiras —, para voltar logo a seguir, ela conseguiu reagir logo. Chorava algumas horas, mas logo retomava sua rotina, enquanto mantinha um silêncio estratégico e ansioso até PH, enfim, tomar a iniciativa de procurá-la todo melodramático, jurando que tinha sido a última vez, que nunca mais brigaria com ela daquele jeito sem nenhum motivo, etc. Nas primeiras vezes, Alê achou isso fofo. Mas de uns tempos para cá, vendo que o mesmo papo vazio e ensaiado se repetia, ela rapidamente perdia a paciência. Não era possível que PH a julgasse tão estúpida, pensando que poderia enrolá-la de uma maneira tão barata.

Essa última vez, no entanto, foi diferente de todas as outras. Alê não sabia direito a razão, mas PH parecia ter mudado. Estava mais agressivo e cheio de verdades. Ou seria ela que havia amadurecido e estava mais exigente e menos tolerante com determinados comportamentos?

Talvez fosse a hora de fazer a fila andar um pouco. Sair com outros garotos, até descobrir um por quem se apaixonasse. Mas seu coração ainda batia por Pedro Henrique, por mais que soubesse que ele era um bobo, imaturo e sem noção.

Deixaria para pensar nisso depois.

Alê e Isa saíram juntas da escola e tomaram um táxi para o Leblon, onde Alê morava. Isa estava com dificuldades em Física e Alê, por ser boa na matéria, ofereceu-se para ajudá-la. Aproveitariam e almoçariam por lá mesmo e, depois que terminassem de estudar, poderiam ver um filme, ouvir música ou simplesmente conversar.

Desceram na Visconde de Albuquerque e andaram alguns metros pela Igarapava até o prédio onde Alê morava com a mãe, Ione Penteado, editora da revista de moda *Dona*, e Igor, o irmão mais novo. Os pais se separaram quando Alê tinha sete anos. O pai, Ernani, havia sido transferido para a matriz da multinacional onde trabalhava, nos Estados Unidos, e precisou se mudar imediatamente. Era abril e Ione preferiu esperar o final do semestre para se juntar a ele. Queria preparar uma substituta no comando da revista e esperar Alê concluir o primeiro semestre na escola — nos Estados Unidos, o ano letivo começava em setembro.

Mas não foi preciso. Em junho veio a bomba: Ernani havia se apaixonado por Mary Anne, uma americana que se sentara ao lado dele no avião que o levara do Rio a Nova York e estavam vivendo juntos. Alê, de vez em quando, ficava imaginando que se a mãe tivesse ido com o pai no voo, ele não teria conhecido a americana. Ione, no entanto, reagiu bem à notícia. Bem demais, até, principalmente para a pessoa surtada que ela sempre fora. Talvez o casamento já andasse mal das pernas ou ela não quisesse deixar o comando da revista e tivesse ficado aliviada. Ela nunca entrou nesses detalhes com Alê. O fato era que os dois continuavam amicíssimos, a ponto de, quando vinha ao Rio, Ernani se hospedar com Mary Anne no apartamento que agora era da ex-mulher e as duas saírem, nos momentos de folga de Ione, para bater perna pela cidade como se fossem amigas de infância. Alê achava isso estranhíssimo.

Mal o elevador parou no último andar e elas desceram, ouviram gritos femininos vindos de dentro do apartamento. Era a voz de Ione. A redação da *Dona* ficava num prédio comercial a poucos quarteirões dali e ela, sempre que podia, vinha almoçar em casa por causa da eterna dieta da qual era escrava. Ali, ela controlava o cardápio com mãos de ferro, o que era impossível num restaurante, por melhor que fosse.

— Pelos berros, minha mãe parece que está em seu estado normal, hoje — disse Alê, franzindo o rosto, constrangida. — *Welcome to the jungle*!

Isa apenas sorriu. Não conseguia articular direito uma frase com mais de três palavras desde que Chris decretara que seria ela a incumbida de convidar Rogério para a festa de sábado e que teria de fazer isso, no mais tardar, até o dia seguinte. Seu estômago dava cambalhotas de ansiedade de meio em meio minuto, sempre que antecipava o encontro inevitável. Que droga, por que tinha de se sentir assim? E ainda mais com um garoto que vira pela primeira vez dois dias antes? Isso não podia ser normal.

Alê digitou a senha no painel da fechadura eletrônica e a porta se abriu. Ione estava andando de um lado para o outro na sala de estar do enorme apartamento, enquanto gritava sem parar no celular:

— Eu não quero saber se ela está com quarenta graus de febre por causa de uma infecção. Nós marcamos o ensaio para as três em ponto e se ela não aparecer, avise-a que nunca mais a *Dona* lhe dará espaço e não falo mais neste assunto — Ione não fazia pausa entre as frases. Sua fala parecia não conhecer vírgulas ou pontos. — A sua incompetência em resolver casos tão simples me assusta. Essas fotos têm que estar prontas amanhã cedíssimo, ouviu bem? Ce-dís-si-mo. Diga a Peter que quando eu chegar à redação para trabalhar amanhã às sete em ponto, quero todas as fotografias na minha mesa. Quantas vezes eu tenho que lhe dizer que este ensaio...

Alê puxou Isa para um canto. Esperava que a mãe não as tivesse visto ainda.

— Ela está falando com a Selma, a assistente dela. Coitada, essa vai para o céu. Vamos lá para o quarto.

— Alessandra!

Alê entregou os pontos e olhou para Ione:

— Oi, mãe. Eu já ia falar com você. É que você está no telefone e...

Ione era uma mulher alta, magra e que transparecia elegância em cada detalhe. Tinha o cabelo escuro muito bem cortado e penteado e a maquiagem era discreta. Ela e Alê — cheinha e de cabelos castanhos claros — eram absurdamente diferentes. Com certeza, Alê puxara mais ao pai.

— Aquele seu namorado te ligou sabe quantas vezes esta manhã?

Alê estava menos preocupada com PH e mais com a pobre da Selma do outro lado da linha. A garota devia estar em pânico, pensando que a culpa por Ione ter interrompido a conversa era dela.

— Não me interessa, mãe. Nós terminamos.

— Quinze vezes! Aquele marginal te ligou quinze vezes!

— Ele não é um marginal, mãe.

— OK. Aquele delinquente te ligou quinze vezes. E mandou entregar uma montanha de flores fedorentas. Coloquei tudo lá no seu quarto.

Alê revoltou-se:

— Pô, mãe! Custava ter deixado aqui na sala? Eu vou jogar tudo fora mesmo...

— Aqui na sala? Para empestear o ar? Esse seu namorado, hein? Que gosto para flores ele tem... Mas eu não me meto mais na sua vida pessoal não, minha filha. Você pode namorar um mendigo aí da rua se quiser, contanto que não o traga aqui para casa e nem pense em se casar com ele. Eu deserdo você!

E voltou a berrar no telefone:

— Ouça, Selma: você tem que entender que esse ensaio vai lançar uma tendência forte no mercado. Eu não vou permitir, por exemplo, que a Vogue chegue na minha frente desta vez. Por isso eu disse a Peter que...

Ione sequer tinha cumprimentado Isa, mas esta não ligou. Dona Ione era assim mesmo.

O almoço era sempre servido pontualmente à uma e quinze da tarde, então elas ainda tinham vinte minutos. Alê estava possessa por PH ter ligado quinze vezes e ter mandado as flores. Ele realmente estava pensando que ela iria ceder de novo, mas estava enganadíssimo aquele idiota. Desta vez seria diferente.

Quando entraram no quarto, foram golpeadas pelo cheiro forte e adocicado das flores, que estavam amontoadas pelo chão. Alê chegou a sentir o estômago embrulhar. Havia buquês de rosas e de crisântemos. Uns dez no total. PH acabara de provar que era mesmo uma anta insensível. Onde já se viu mandar crisântemos para uma garota que ele queria reconquistar? Crisântemos eram flores de velório. Alê precisava tirá-las dali depressa, antes que começasse a ficar enjoada. Seu quarto fedia a cemitério. *Ai...*

Ela e Isa apanharam dois buquês cada uma e levaram até a área de serviço. Voltaram ao quarto e refizeram o percurso. Foram quatro viagens, ao todo. Isa morria de pena de jogar todas aquelas flores fora. Ela adoraria que um garoto apaixonado inundasse sua casa com flores, mas Alê parecia tão furiosa que ela nem se atreveu a tocar no assunto. Chegou a pensar em, disfarçadamente, levar um dos buquês de rosas para casa, mas não teria a mesma graça. Ela queria receber flores de um garoto de quem estivesse a fim e não apanhá-las da lixeira de sua amiga.

Um aroma gostoso de comida temperada vinha da cozinha, onde o almoço acabava de ser preparado. Quando terminaram de deixar as últimas flores junto da lixeira, ouviram o telefone tocar. Marli, a cozinheira, atendeu na copa e gritou:

— É pra você, Alessandra!

— Voz de homem ou de mulher?

— Homem.

— Pergunta quem é, por favor.

Marli gritou no telefone, perguntando quem queria falar com a Alessandra. O convívio com sua mãe estava tornando Marli meio temperamental.

— Disse que é um amigo. Ele andou ligando para você hoje.

Alê e Isa se entreolharam. Era ele.

— Diz que eu não estou e que não volto pra casa hoje.

Marli berrou ao telefone:

— Ó, ela mandou dizer que não está e que não volta pra casa hoje.

Alê levou as mãos à cabeça. Marli era a melhor pessoa para transmitir recados, desde que fosse para dizê-los ao pé da letra.

— Que colega mal-educado esse seu, hein? — reclamou Marli. — Pô, desligou na minha cara. Gentalha!

Ione surgiu na cozinha, ainda segurando o celular:

— Esse almoço vai sair ou não vai? — perguntou aos berros. — Tenho que voltar para a revista.

— Já vai, dona Ione — Marli berrou de volta.

Por que elas não conseguiam falar baixo?

Ione dirigiu-se a Alê e Isa:

— E vocês duas estão fazendo o quê aí? Estavam mexendo no lixo? Todo mundo lavando as mãos JÁ!

Ela falou como se as duas fossem meninas de quatro anos que estavam brincando na lama. Alê se sentiu uma retardada.

— Viemos trazer as flores...

— O quê? Você vai jogar as flores no lixo? Mas onde já se viu? De jeito nenhum. Isso é antiecológico e não condiz com o comportamento de uma moça de sociedade. Se não gostou, devolva-as. Ou então doe para alguém, mas não as jogue fora.

— Devolver para quem, mãe? Não tem nenhuma etiqueta nos buquês. Eu não sei em que floricultura o PH fez a compra.

— PH?

— O Pedro Henrique, mãe.

— Não me interessa o que você vai fazer. Eu proíbo terminantemente que esses buquês, que devem ter custado caríssimo, sejam jogados no lixo. O que a vizinhança vai pensar? Que esse apartamento é um covil de loucas? — Ione virou-se para a cozinheira e gritou: — Marli, apanhe essas flores e leve-as de volta para o quarto de Alessandra.

— Mas dona Ione... — gritou Marli, mais alto. Ela estava passando os legumes cozidos no vapor da panela para uma travessa de prata. — Não é para eu servir o almoço?

Ione ficou parada encarando Marli, sem reação. Apenas os olhos esbugalhados e estáticos. Por uma fração de segundo, Isa pensou que ela estivesse à beira de um colapso. Mas no instante seguinte, Ione simplesmente sacudiu os ombros e fez um gesto qualquer com a mão, antes de sair da cozinha e Marli voltou a servir as travessas calmamente, como se nada tivesse acontecido.

Alê estava morta de vergonha. Todo mundo gritava naquela casa que, definitivamente, era, sim, um covil de loucas. Mais precisamente de duas loucas. Elas que fizessem o que quisessem com as flores. Só não iriam colocá-las no seu quarto de novo. Isso não iriam mesmo. Alê o deixaria trancado, por via das dúvidas, mesmo sabendo que isso retardaria a dissipação do cheiro deprimente dos crisântemos.

Ela sussurrou super sem-graça para Isa, enquanto saíam de fininho da cozinha. Não que a atrapalhada Marli fosse notar alguma coisa:

— Desculpa, tá, amiga? Se eu soubesse que ia ser esse inferno, tinha sugerido ir a uma biblioteca.

Isa foi fofa:

— Que é isso, Alê. Eu adoro a sua mãe. E você acha que minha casa, com meu pai bebendo uísque e tentando alugar apartamento para todo mundo que aparece é muito diferente?

As duas riram. Quando entraram na sala de jantar para almoçar, encontraram uma fileira de travessas dispostas num aparador. Ione já estava se servindo. Pressa permanente era o seu nome.

Só quando elas já estavam sentadas à mesa foi que Ione percebeu a presença de Isa e dirigiu-se a ela delicadamente:

— Nem falei com você, Isabel. Tudo bem? Que bom que você veio almoçar conosco.

— O prazer é meu, tia.

O prato de Ione se limitava a um pouco de couve-flor, brócolis e vagem cozidos no vapor, uma colher de arroz integral e uma fatia fininha de peito de frango grelhado. Quando ela viu Alê encher o prato de feijão, arroz, batatas cozidas, três pedações de frango e nenhuma salada, protestou:

— Comendo assim, você vai ficar uma baleia.

— Se não quer que eu coma nada disso, por que não mandou preparar só salada?

Ione resmungou alguma coisa que não deu para ouvir e mudou de assunto:

— O que deu naquele moleque intragável para mandar esse caminhão de flores pra cá?

— Não sei e não quero saber.

— Eles terminaram — Isa explicou. — E ele agora está querendo voltar.

— Mas precisava assaltar uma floricultura para isso?

Alê quase engasgou. Sua mãe estava passando dos limites. Tudo bem que PH não era nenhum santo (graças a Deus, aliás), mas insinuar que ele tinha "assaltado" algum lugar era um pouco demais. Ela só podia estar de gozação.

— Menos, mãe — rosnou Alê. — Menos. Pedro Henrique não assaltou floricultura nenhuma.

— Como é que você sabe? Você mesma não viu que não havia nenhuma etiqueta de floricultura nos buquês?

Isa acompanhava a discussão calada, achando um pouquinho de graça.

— Mas isso não faz sentido. Tudo bem que você não goste dele, mas...

— Deixa pra lá. E não é que eu não goste dele. Na verdade eu sou totalmente indiferente a esse tipo de gente. O seu namoradinho é um zero à esquerda, com nada entre as orelhas, que não sabe se comportar socialmente, não tem assunto e não faz nada que preste, além de viver pra cima e pra baixo com uma tigela de açaí na mão.

— Mãe, ele nem gosta de açaí...

— Mas é como se gostasse. Ele tem toda a pinta do garoto que vive nessas casas de suco tomando açaí e vagabundeando. Isso não é namorado para você. Eu já disse um milhão de vezes. E não quero esse indigente iletrado e tosco frequentando a minha casa. Se quiser sair com ele, faça isso bem longe daqui.

— Ele nunca frequentou essa casa.

— E espero que continue assim. Já basta aquela sirigaita da mulher do seu pai, que fala igual ao Pato Donald, vindo se hospedar com ele aqui de vez em quando.

— Pensei que você gostasse dela. Parecem tão amiguinhas...

— Eu tento disfarçar para criar um clima bom. Além do mais, ela conhece alguns designers e jornalistas em Nova York e me interessa estreitar um contato com eles. Mas isso não muda o fato de que ela é chatinha e fala igual ao Pato Donald. E ter que aturar, além do Pato Donald, um homem das cavernas como o seu namorado é um pouco demais.

Alê arregalou os olhos, indignada:

— Mãe... Não acredito que você disse que meu namorad... quer dizer: que meu ex-namorado se parece com um homem das cavernas.

— Ele se comporta como se fosse. E vamos parar de falar nele, que isso não é conversa para se ter à mesa. Me contem: como está sendo a primeira semana de aula?

Isa ia responder, quando o celular de Alê tocou no bolso da calça jeans. Ela espiou o visor: era Pedro Henrique. Desligou o aparelho sem atender.

Alê sabia que PH iria persegui-la até que conseguisse que ela falasse com ele. E quando isso acontecesse, dependendo da forma como ele conduziria a conversa, Alê não tinha dúvidas de que se derreteria toda e acabaria cedendo. Até o próximo rompimento. E a reconciliação a seguir. E assim seguia a vida.

Ela preferia o apelido que Chris dera a PH, "namorado sanfoneiro" ou alguma coisa assim, a "homem das cavernas". Nada a ver. Além de ofensivo era injusto. Aliás, injustíssimo. O gosto do beijo dele era tão bom... O coração de Alê disparou só de lembrar.

Ela mergulhou num devaneio tão profundo que nem percebeu que sua mãe já tinha se despedido e saído para voltar à redação da revista.

10

Chris desceu do elevador do seu prédio na Avenida Atlântica, convicta de que passaria uma tarde maravilhosa. Ela adorava organizar festas. Se pudesse, faria uma por semana. E sentia que estava ficando boa nisso. Dali a menos de uma hora se reuniria com a gerente do Club N para acertar os detalhes, mas já tinha escolhido praticamente tudo: desde o bufê a ser servido até o DJ e o estilo musical. Chris optou por ritmos leves — principalmente *chill out*, *acid jazz* e *deep house* — para que todos pudessem conversar normalmente sem o risco de estourar as amígdalas e os tímpanos tentando falar e se fazer ouvir. Um barman se encarregaria de servir champanhes e ponches. Nada de chope.

É lógico que, sendo uma ocasião tão sofisticada, a lista de convidados iria encolher. Afinal, nem todos os amigos e conhecidos apreciavam uma festa assim, sem zoeira a mil decibéis. Umas quinze pessoas seriam suficientes, além dela, Isa e Alê.

Chris estava levando tão a sério aqueles preparativos, que se produziu toda para a reunião: saia bege de linho Armani, blusa vermelha sem manga Muriel Barreiros e sapatos Constança Basto combinando, além de uma exclusiva bolsa Birkin Hermès, também vermelha, no mesmo tom da blusa (sim, Chris era uma das privilegiadas que tinham uma Birkin Hermès). Ela atravessou a portaria e desceu os degraus em direção à calçada, empolgadaça, já imaginando a noite fenomenal de sábado. Algumas músicas tocavam na sua cabeça, principalmente *Mon Amour*, batida leve e sensual do Bristol Love, que ela amava.

Totalmente abstraída, Chris estava quase dando uns passinhos para acompanhar, quando, de repente, foi puxada com violência de volta ao amargo chão da realidade. Na mesma hora, a música cessou na sua cabeça e ela se viu envolvida pelos sons das buzinas e motores de Copacabana.

Quem era, ou melhor: *o que era* aquilo parado na frente do seu prédio? Uma miragem? É claro que não. Miragens são ilusões de ótica benignas. Aquilo estava mais para uma aparição. Só não era uma assombração porque, infelizmente, se tratava de um ser vivo e andante.

Chris disfarçou e continuou caminhando normalmente, fazendo de conta que não tinha notado nada. Se fosse atacada, gritaria pelo porteiro, armaria um escândalo, mas ela tinha certeza de que o sujeitinho não chegaria a tanto.

— Christianne!

Ele tinha sido mais rápido e corrido na direção dela. Quando deu por si, Chris estava com o caminho bloqueado.

"Que saco". — resmungou ela por dentro — "Era só o que me faltava".

— Quero levar um papo contigo — ele disse.

Chris tirou os óculos escuros e observou PH demoradamente, antes de perguntar, no tom de voz mais gélido que conseguiu encontrar:

— Estava me esperando aqui fora?

— Eu sei que *tu* tem aula de espanhol às quartas de tarde e que costuma sair a essa hora para ir pra lá.

— É, mas elas só começam em março — ela não gostou nada daquela história de PH saber seus horários. — O que você quer?

— Saber o que tá rolando.

Chris sabia do que ele estava falando, mas fez cara de desentendida.

— Alê não quer mais falar comigo. E eu quero entender por quê.

— E eu vou saber? Pergunta pra ela, seu prego.

— Eu sei que foi coisa tua. Fala a verdade.

Que acusação mais sem noção era aquela?

— Foi coisa minha o quê, garoto?

— Foi *tu* que convenceu a Alê a terminar comigo.

Chris teve um ataque de riso. Como alguém podia ser tão ridículo?

— Você andou bebendo antes de vir até aqui, ô Pedro Henrique? Ou tomou alguma coisa mais pesada?

— Foi *tu*, não foi?

"Foi *tu*". "*Tu* tem". "*Tu* convenceu". "*Tu* isso", "*Tu* aquilo"... Será que nem português esse prego sabia falar direito? Chris não conseguia entender o que a Alê tinha visto nele.

— Escuta aqui, ô criatura dos infernos: eu não tenho nenhum interesse em afastar *tu* de ninguém. Se a Alê não quer mais ver *tu*, foi por alguma coisa que *tu* fez a ela.

— Para de me zoar. Eu sei que *tu* não gosta de mim e faz a minha caveira pra ela.

Chris deu outra risada.

— Como se isso fosse necessário. Deixa eu te explicar uma coisa: eu não tenho nada contra você, garoto. A não ser o fato de você fazer a minha amiga sofrer com os seus ataques doentios de ciúme.

— Ela me provoca.

Chris começou a perder a paciência:

— Quer sair da minha frente? Não estou com tempo para ficar ouvindo besteira de marmanjo doido.

— Eu quero saber por que a Alê está fria comigo. Mandei flores para a casa dela, mandei um monte de *e-mails* me declarando, liguei um milhão de vezes e ela não deu reposta e nem quer me atender. A Alê nunca ficou assim nas outras vezes que a gente terminou.

— Mesmo que eu soubesse, não contaria a você. Alê é minha amiga e eu não gosto de me meter no namoro dos outros. Vai atrás dela e se entende com ela. E SAI DA MINHA FRENTE!!

PH liberou a passagem para Chris. Ele caprichou na cara de mau ao declarar:

— Eu tenho certeza que está rolando alguma coisa e que *tu* tá metida nisso até o pescoço.

E, ainda por cima, o moço tinha tendências a esquizofrenia. Estaria ouvindo vozes agora?

— Vou descobrir o que é — ele completou, em tom de ameaça. — Eu amo a Alê. Ela não pode me largar assim. Não depois de tudo o que a gente viveu junto.

A declaração seria fofa se viesse de outro garoto, mas depois de tantas idas e vindas no namoro com Alê, não dava para levar PH a sério. Chris resolveu não falar mais nada.

O que ele não aceitava era que Alê, pela primeira vez, estava reagindo com mais determinação às esquisitices dele. Tem uma hora que as pessoas crescem, PH. Alê amadureceu. Falta você fazer a mesma coisa e deixar de ser um moleque trouxa para virar um homem.

— Eu vou descobrir! — ele ameaçou de novo, antes de virar as costas e sair andando pela calçada.

Chris esperou-o dobrar a esquina e correu para fazer sinal para um táxi. Enquanto rumava para a Gávea, ficou se perguntando, indignada e desanimada, por que os garotos tinham de ser tão bobões e imaturos. Será que todos os homens eram assim?

Ela não percebeu que PH ficou espionando, escondido atrás de uma árvore na esquina. Ele tomou um táxi que vinha logo a seguir e partiu atrás dela.

11

Isa estava uma pilha de nervos naquela manhã. Desde o fim da tarde anterior, quando Chris telefonara, animadérrima — um pouco demais, até —, para contar que tinha acertado tudo, absolutamente tudo, da festa e que, em apenas três horas de telefonemas e trocas de mensagens, já confirmara a presença de praticamente todos os convidados, o coração de Isa parecia querer pular fora. Chris deixara bem claro: a festa tinha um único propósito: aproximar Isa e Rogério. Ela (Chris) tomara a iniciativa de organizar todos os detalhes, da música às bebidas. Isa só precisaria fazer uma única coisa: convidar o gato. Pessoalmente, cara a cara, sem gaguejar e sem amarelar.

Era muita responsabilidade. E se ele respondesse: "não, obrigado"? Afinal, era uma festa meio (bastante) em cima da hora. Caso o garoto fosse um pouquinho organizado e tivesse um mínimo de vida social, havia o risco de ele já ter algum compromisso inadiável para sábado. E se ele tivesse namorada? Ai, ninguém tinha pensado nisso ainda. Só porque o menino era calado, todo mundo já deduziu que estava sozinho, mas ele podia ser tímido só na escola, por ter acabado de entrar e ninguém ter procurado se enturmar com ele. Se ele agradecesse o convite e dissesse que não poderia ir à festa porque tinha combinado de sair com a namorada, seria o maior mico. Aliás, mico não: seria um gorila. Isa ia se enfiar debaixo do edredom de sua cama e ficar lá até morrer asfixiada ou desidratada — o que viesse primeiro.

Mas enfim: ela não tinha alternativa. Não importava o sofrimento que seria, ela iria convidar Rogério para a festa. E não podia dar pinta de que estava ansiosa.

Uns anos atrás, ela ouvira um tio contar casualmente numa reunião de família que o segredo de uma cantada bem-sucedida era não ensaiar o que dizer, mas ter na memória umas duas frases/perguntas/comentários que poderiam ser lançadas num momento de emergência, tipo um silêncio constrangedor ou a proximidade de um fora. É lógico que era um ponto de vista bastante masculino, mas mesmo assim Isa pensou bastante nisso nas últimas horas e bolou as tais duas frases. Caso se instaurasse o silêncio, ela perguntaria se Rogério estava gostando da escola e como era a escola onde ele estudava antes. Se ficasse evidente que ele já tinha namorada ou que, simplesmente, não estava nem aí para ela, Isa diria que ele poderia levar um acompanhante, se quisesse.

Ela e Chris combinaram que o convite seria feito durante o primeiro intervalo. As duas tinham observado nos dias anteriores que Rogério era sempre o último a sair da sala. Isso daria chance de Isa abordá-lo a sós antes de ele sair. Caso não conseguissem nada em nenhum dos dois intervalos, o jeito seria falar com ele fora da escola, quando todos estivessem indo embora. O plano estava todo montado.

Rogério entrou na sala como sempre. Dirigiu um aceno com a cabeça para os colegas e sentou-se na sua carteira no canto, junto à janela. O coração de Isa disparou quando o viu chegar. E ela mal conseguiu se concentrar nas duas primeiras aulas — Biologia e História da Arte. Naquela manhã, a professora Marta estava com cara de poucos amigos. Os músculos do rosto passaram todo o tempo contraídos e a expressão era de quem tinha comido um limão. Ela falou rapidamente sobre a Renascença, dando um panorama em linhas gerais do período e dizendo que este seria o tema do primeiro bimestre e, dependendo da evolução das aulas, também do segundo. Explicou, ainda, que, do ponto de vista de muitos historiadores, a Renascença, embora tenha se originado na Itália, espalhou-se por muitos países da Europa e que as aulas abordariam as manifestações renascentistas em cada um deles e em todos os segmentos culturais e do pensamento afetados por ela, ressaltando a importância do desenvolvimento da imprensa em todo esse processo.

E enquanto Marta discorria sobre Gutenberg, Florença, Siena, Erasmo, Rabelais, Leonardo Da Vinci, etc., etc., Isa não tirava os olhos de Rogério, já sofrendo com um íntimo e intenso desespero pela aproximação do momento inevitável. Seu sistema digestivo parecia fazer contorcionismos e suas mãos, geladas e imóveis, davam a impressão de que tinham passado horas num freezer.

Mas como não há nada tão péssimo que não possa piorar ainda mais, eis que Marta, talvez percebendo a expressão aérea de Isa, levanta a voz apontando para ela:

— Isabel Nogueira — e fez um gesto para Isa se levantar, o que ela fez prontamente. Foi, então, que sentiu que as pernas estavam levemente trêmulas.

Marta continuou:

— O que você sabe sobre Gutenberg e a imprensa?

Só então Isa despertou e se deu conta de que estava no meio de uma aula na qual não havia prestado a menor atenção. Imprensa? Gutenberg? Aquelas palavras pareciam códigos para uma menina dominada pelo coração inquieto, que não pensava em outra coisa que não fosse Rogério, Rogério... Ela percebeu que toda a turma havia se voltado para ela em expectativa, enquanto o seu silêncio prolongado parecia irritar a professora.

— E então? — Marta insistiu.

Isa começou a suar frio. Até Rogério olhava para ela, o que aumentou sua tensão.

— Eu...

— Você não prestou atenção em nada do que eu disse — declarou a professora. — Foi isso, não?

— Não. É que eu... — pense, Isabel. Pense rápido. — É que eu...

As palavras não saíam. Isa continuava a suar frio. Até Chris, sentada ao seu lado, parecia angustiada. Até que, enfim, ela teve uma ideia.

— Desculpe, professora. Eu não queria falar isso...

— Falar o quê? — Marta pareceu ainda mais impaciente.

— Que a senhora não explicou muito bem a parte sobre Gutenberg.

Na mesma hora, Chris levantou-se e falou, olhando para a professora.

— Concordo. Eu também não entendi direito.

Era uma mentira deslavada, já que Chris conhecia aquele tema de trás pra frente, mas sua intervenção serviu para constranger a professora que perdeu momentaneamente a pose.

— Vocês estão querendo me dizer que...

— Que a senhora não deixou clara essa relação de Gutenberg com a Renascença e que, por isso, não pode cobrar de um aluno que conheça o assunto — tomou a palavra Lucas, o loirinho com calvície precoce, que adorava azarar as garotas e nunca ficava com nenhuma. — Eu queria que a senhora fosse mais a fundo no tema.

Marta fechou a cara de uma maneira que a impressão era a de que, no minuto seguinte, expulsaria metade dos alunos da sala a chibatadas.

Ela correu os olhos pelos outros alunos. Isa e Chris permaneceram heroicamente em pé.

— Alguém mais tem algo a dizer?

Ninguém se manifestou. Chris e Isa tinham certeza que se a gangue maléfica de Bu estivesse ali, o barraco estaria montado, com Bu puxando o saco da professora e Marta fazendo "bilu bilu" para ela.

Mas a mocreia fedorenta e suas servas estúpidas não estavam por perto e Isa teve a nítida sensação de que a professora Marta se sentia como um general sem sua tropa. Ou, pior ainda, um soldado sem o general e o resto da tropa. Estava mais do que evidente que na presença de Bu, Marta era uma pessoa e sem Bu, era outra.

Mais uma vez, Isa e Chris se perguntaram por que Bu exercia tanto poder sobre uma professora. Seriam só as festas ou haveria algo mais? Nenhuma das duas, aparentemente, tinha algo a ganhar descobrindo, mas a curiosidade tornara-se irresistível. Elas precisavam descobrir.

Marta acabou forçada a explicar mais uma vez a história da difusão da imprensa. Na verdade, a começar a explicar pois, nem bem tocou no nome de Gutenberg, o sinal soou, indicando o final da aula. Marta fulminou Isa e Chris com um olhar assassino, antes de dizer que o tema seria retomado na aula da próxima segunda, se retirando da sala em seguida.

O que significava que tinha começado o primeiro intervalo. A hora H de Isa chegara. Ao seu lado, Chris não pronunciou uma palavra, mas sua expressão dizia claramente: "se você não convidar, convido eu". Os colegas tinham se levantado e agora, ruidosamente, todos falando ao mesmo tempo, se amontoavam na saída da sala. Conforme o previsto, Rogério continuou sentado, quieto, arrumando — ou fingindo arrumar, para não dar pinta de solitário em meio a tanta gente enturmada — alguma coisa na mochila. Chris se levantou também e sussurrou a Isa:

— Te espero na cantina.

Isa encarou-a, apavorada.

— Não, Chris. Fique aqui. Se você for fazer o convite comigo, vou ficar mais relaxada.

— De jeito nenhum. Tímido como ele é, é bem capaz dele se assustar com nós duas o "atacando". Melhor você ir sozinha. E seja rápida, antes que os outros voltem. Ah, e me conte depois como é a voz dele — acenou para Isa enquanto se afastava, mandando um "boa sorte" quase inaudível, que Isa só conseguiu capturar graças ao movimento dos lábios.

A sala estava, enfim, vazia, salvo por Isa e Rogério. Era agora ou nunca. Isa respirou fundo e, trêmula, reuniu toda a coragem que encontrou e caminhou na direção dele que, compenetrado, folheava uma agenda.

— Oi!

Rogério virou-se para fitá-la. Tudo à volta pareceu parar.

12

Isa estava nervosa como nunca se sentira antes. Nem no primeiro dia de aula na nova escola. Nem quando, na única vez em que ficara em recuperação, fora apanhar sua nota, temendo ter sido reprovada. Nem quando fora contar à sua mãe que ficara menstruada pela primeira vez. Nem quando...

Ela nem se lembrava mais.

Nada disso importava agora. Isa só pensava numa coisa: estava cara a cara com Rogério. E ela não tinha mais como voltar atrás. Era agora ou nunca.

— Tudo bem?

Isa nem sabia como tinha conseguido fazer aquela pergunta, sem gaguejar. Rogério continuava estático, encarando-a com os olhos esbugalhados, como se estivesse diante de uma assombração.

Ela ficou imaginando se ele não seria, digamos, meio travado demais. Não era, definitivamente, um começo promissor.

Por alguma razão, aquela constatação, estranhamente, aumentou sua coragem e Isa sentiu-se ligeiramente mais calma. Ao mesmo tempo, deu-se conta de que, até aquele momento, nunca tinha ficado tão perto dele.

— Tudo bem? — ela tornou a perguntar, a fim de forçar uma resposta.

Rogério assentiu com a cabeça:

— Tudo...

E emendou:

— E com você? — e, com isso, abriu um sorriso lindo, que a fez se desmanchar toda por dentro.

Isa, na mesma hora, sentiu o nervosismo voltar à carga total de antes.

— Tudo... — ela não podia perder o rebolado justo agora. — Você é novo na escola, né? Eu... eu notei que você fica sempre muito calado aí no seu canto... Quer dizer: eu e minhas amigas notamos. Eu...

Rogério olhava fixamente para ela. Suas pupilas brilhavam agora. Isa não queria alimentar ilusões, mas ela seria capaz de jurar que ele estava impressionado com a abordagem dela.

— É... — Rogério disse. — Não deu tempo ainda para me enturmar direito.

A voz dele era delicada. *E lindinha.*

— Mas você não tem vontade? — agora que o papo parecia começar a engrenar, Isa se sentia mais confiante. — Quero dizer: você não quer se enturmar, fazer novos amigos?

— Sim...

— Que bom. Seu nome é Rogério, não é?

— É sim.

— Eu me chamo Isabel. Eu e minhas amigas Christianne e Alessandra vamos dar uma festa no sábado à noite. A gente queria te convidar.

Rogério não esboçou nenhuma reação. Sequer piscou. Isa ficou em dúvida se aquilo era bom ou mau.

— Vai ser uma festa de boas-vindas. Uma galera aqui da turma deve ir e você vai poder conhecer todo mundo.

Rogério sorriu.

— Obrigado — foi só o que ele respondeu.

Isa esperou que ele dissesse mais alguma coisa, mas Rogério apenas olhava para ela com um fascínio indisfarçável.

O que se faz numa hora dessas?

— Você vai? — a pergunta escapuliu antes que ela pudesse avaliá-la.

O silêncio que se seguiu foi asfixiante. O coração de Isa atingiu o batimento máximo e ela chegou a pensar que iria enfartar.

— Quero muito ir — ele respondeu, enfim, para, em seguida, complementar: — Mas não tenho certeza se vai dar.

Embora soubesse que aquela possibilidade existia, Isa não pôde conter o desapontamento que, de tão forte, gelou todo o seu corpo. Teve um impulso de sair correndo dali e acabar, o quanto antes, com aquela bobagem de festa. Onde é que elas estavam com a cabeça quando tiveram aquela ideia maluca? Ela nem conhecia o garoto direito... Bolar todo aquele plano por causa do que parecia ser uma paixonite de começo de ano era tão exagerado quanto encher uma banheira para afogar uma formiga.

— Que pena — Isa conseguiu dizer. — Vai ser uma festa maravilhosa.

— Eu não disse que não vou. É que no sábado vai ser aniversário de uma prima. Vou tentar sair de lá cedo para ir à festa de vocês.

O ânimo de Isa voltou a melhorar. Ela percebeu que estava dramatizando demais as coisas. Precisava acabar com essa mania. Que droga, era só uma porcaria de uma maldita festa. Mesmo se Rogério não pudesse ir a esta — porque já tinha marcado antes um compromisso com a família, que ficasse bem claro —, era só organizar outra. Chris, "a *promoter*", iria amar a ideia.

— Vai ser no Club N, na Gávea, às oito da noite. Sabe onde é?

— Sei.

— Vamos deixar seu nome na entrada. Então, se puder ir, é só aparecer.

Rogério sorriu.

— Obrigado, Isabel. Eu vou fazer o possível para ir. Juro.

Isa achou a resposta dele muito fofa, até porque ele pronunciou o nome dela. Ela fitou-o por mais alguns segundos incriminadores, mas acabou desviando o olhar. Tinha certeza que seu rosto estava totalmente vermelho de vergonha. Não sabia mais o que dizer a ele, mas foi salva pela chegada súbita de Chris, que terminava de mastigar alguma coisa.

— Te esperei na cantina, mas pelo visto você não está com fome.

— Eu estava convidando o Rogério para a nossa festa.

Chris aproximou-se naturalmente dele e estendeu a mão para cumprimentá-lo:

— Prazer, meu nome é Christianne. Estamos te esperando lá no sábado.

Rogério retribuiu o cumprimento.

— Prazer, Rogério. Eu vou tentar ir.

— A prima dele faz aniversário no sábado — Isa explicou.

— Mas vou ver se só dou uma passada lá para ir à festa de vocês — complementou Rogério.

— Pode levar uma pessoa, se quiser — disse Chris, para horror de Isa que, no entanto, logo sacou que foi a forma que ela encontrou de tentar saber se ele já tinha alguma acompanhante em potencial.

Mas Rogério, felizmente, deu a resposta que elas desejavam ouvir:

— Obrigado. Mas acho que vou sozinho.

Isa, então, teve a ideia de pegar o e-mail dele, para enviar um convite virtual — coisa que elas, aliás, não tinham providenciado, mas que poderia ser montado em dez minutos. Rogério anotou num pedaço de papel e depois pegou os delas.

— A gente se fala, então — falou Isa, feliz por aquele contato ter dado supercerto e, também, aliviada por ter conseguido conversar com ele sem dar nenhum vexame.

— Certo — Rogério respondeu, sorrindo novamente.

Naquele momento o sinal tocou, indicando que o intervalo chegara ao fim. As duas se despediram dele e voltaram aos seus lugares. Enquanto a sala se enchia novamente, Chris perguntou baixinho:

— E aí, como é que foi?

— Bom...

— Gostou do papo dele? Rolou algum clima?

Isa apenas sorriu. À distância, observou Rogério assumir sua postura compenetrada e reservada habitual e se sentiu uma tola por se sentir atraída tão rapidamente por um garoto que, há uma semana, sequer existia na sua vida. Mais do que o papo, que foi curto, o que mais a encantou nele foi o jeitinho tímido. Rogério parecia precisar de colo e, caso lhe pedisse, ela o ofereceria sem pensar duas vezes.

13

Ainda sob o efeito mágico da troca de palavras com Rogério, Isa foi às compras na tarde de quinta, com Alê e Chris. Seu coração dizia que, sim, ele iria à festa e ela, portanto, precisaria estar simplesmente deslumbrante para recebê-lo lá.

Já Chris optou por não comentar com Isa e, principalmente, com Alê, sobre a "visita" que PH tinha feito à calçada do seu prédio e nem da conversa construtiva que tiveram. Alê estava angustiada com mais aquela briga entre os dois e Chris não queria piorar o estado dela. Fatalmente o próprio PH acabaria falando e é claro que na versão dele, Chris seria a megera insensível e ele a pobre vítima apaixonada. Ele que dissesse o que bem entendesse. Chris não dava a mínima mesmo.

Elas saíram da escola, foram para suas casas tomar um banho, trocar de roupa e almoçar e marcaram de se encontrar no Forum de Ipanema, às três da tarde. Percorreram algumas lojas dentro da galeria, avaliaram algumas vitrines e depois saíram andando pela Visconde de Pirajá sentido Leblon.

Naquele trecho de Ipanema, entre a Praça Nossa Senhora da Paz e o Jardim de Alah, ficavam os quarteirões perfumados e estrelados da moda carioca, repletos de boutiques de luxo e lojas transadas. Uma delas era a multimarcas FRIX, da socialite Fina Caruso, que devia ter por volta de 30 anos e já era uma das figurinhas mais badaladas do circuito *fashion* do Rio e de São Paulo.

A loja ocupava todo um casarão na Rua Garcia D'Ávila. Chris tomou à frente, deu uma analisada básica no primeiro andar e sorriu, com ar de vitória:

— Acho que dá para comprar tudo aqui.

Isa não levou tanta fé.

— Será que não devemos passar na Muriel Barreiros ou no Porfírio Bravo antes?

— Não. Porque vai ser uma festa descontraída. Você tem que estar bonita, mas sem passar a impressão de que ficou muito tempo se arrumando.

— Aqui é o lugar ideal — concordou Alê. — A gente pode fazer mil combinações com acessórios. Difícil vai ser decidir quais.

O térreo era amplo e totalmente *cool*. Quase não tinha mobília, com exceção das araras e prateleiras que tomavam todas as paredes. A iluminação era indireta e uma batida eletrônica preenchia o ambiente num volume civilizado. As três passaram a vasculhar as araras com atenção máxima, avaliando cada peça. Uma vendedora cuidadosamente maquiada e com os cabelos parcialmente presos num coque propositadamente frouxo, se aproximou. Ela vestia um *trench coat* vermelho e calça preta justa e comprida. Um *look* totalmente fora de estação, que ignorava o sol e o calor de fevereiro que castigavam a cidade lá fora, mas deslumbrante assim mesmo. Típico da FRIX, cuja intenção declarada era fazer com que as clientes esquecessem da vida exterior e fizessem uma espécie de imersão *fashion* total na loja.

— Olá, posso ajudá-las? — a vendedora perguntou. Ela se apresentou como Alby, mas Chris, Alê e Isa sabiam que ela se chamava Albercília. Isa explicou mais ou menos o que estavam buscando e Alby sugeriu que fossem ao segundo andar, onde ficavam as peças mais exclusivas da FRIX.

Enquanto subiam a escada guiadas por Alby, Chris cochichou a Alê:

— Eu gostaria de saber quem é o pai desnaturado que dá o nome de Albercília a uma filha.

— Ele devia se chamar Alberto. E casou com uma Cecília...

Chris fez uma careta:

— Esse negócio de juntar nome do pai com nome da mãe devia dar cadeia. A criança pode virar um adulto traumatizado.

— Sinceramente, Chris... — Alê apontou para Alby, que parecia tudo, menos traumatizada com alguma coisa. — Pode apostar que ela é muito mais bem resolvida do que a gente.

Chris teve que concordar.

— O que não é lá muito difícil, né? — resmungou ela.

O segundo andar era uma versão mais ampla e ainda mais elegante do térreo. Não deixava de ser curioso constatar que o setor exclusivo da loja era maior do que o resto. Mais uma das charmosas esquisitices da FRIX.

Alby, além de gentil, revelou-se uma superconsultora de estilo, de maneira que, rapidamente, escolheu várias combinações perfeitas de peças e acessórios, com base no tipo de programa e ambiente que Isa descreveu em poucas palavras. Até Chris, que não era de se surpreender com facilidade, ficou de queixo caído ao ver Isa sair da cabine de provas com um deslumbrante vestido Thais Rocha de ombro único rosa suave. A alça do vestido era discretamente vazada e adornada por um mosaico de pequeninas contas prateadas.

— A fenda e as contas na alça são para quebrar alguma impressão de formalidade que o vestido possa causar — explicou Alby a Isa. — Para o visual ficar perfeito, você deve usar o cabelo solto e acessórios com brilho, mas sem exageros. E maquiagem leve, por favor.

— Não está tudo meio... clarinho demais? — Isa perguntou, insegura, enquanto se olhava no espelho.

— Todas as combinações de cores e tons são bem-vindas quando se tem estilo — respondeu Alby, ajeitando os cabelos louros de Isa e acomodando-os sobre o ombro que estava nu. — O segredo é fugir dos excessos. O que com esse calor de verão é fácil.

As três riram, mais por educação do que por qualquer outra coisa. Enquanto Isa se admirava no espelho, Chris e Alê, animadas com a transformação de Isa e a perspectiva de receberem, também, a consultoria de Alby, resolveram percorrer a loja novamente. Quem sabe não encontrariam, também, alguma coisa legal para vestirem no sábado?

Isa tinha voltado à cabine de provas com Alby, que teimou em fazê-la experimentar outro vestido. Chris e Alê pegaram alguns cabides com vestidos, blusas e saias e estavam, também, se encaminhando para os provadores, quando ouviram passos na escada e vozes femininas conversando, sendo que uma delas era anasalada e desagradavelmente familiar. Movidas por uma espécie de instinto de sobrevivência, elas se enfiaram na primeira cabine e ouviram a voz anasalada falar:

— Vai ser uma festão, sabe? Eu estava pensando numa roupa em tons crus...

Chris e Alê se entreolharam. Era a voz inconfundível de Amanda Amaral, também conhecida como "Imunda Imoral", uma das "mocreietes" da quadrilha de Bu Campello. Amanda era uma das que foram suspensas da escola naquela semana. Quer dizer, então, ela iria a uma festa?

— Quando vai ser? — a vendedora perguntou, sendo simpática.

— A festa? No sábado à noite, sabe? Vai ser na casa da minha melhor amiga, na Estrada das Canoas. Eu e umas amigas resolvemos preparar tudo na última hora, sabe? Vai ser uma festinha comum, mas eu não quero fazer feio na roupa... Sabe?

Festa na Estrada das Canoas? — Chris e Alê trocaram olhares de assombro, deixando claro que tinham pensado exatamente a mesma coisa.

— É aniversário de alguém?

— Não. Vai ser uma reunião de amigas mesmo... De vez em quando a gente dá essas festas, sabe?

Como Amanda é chata..., pensou Chris. Ela caminhou para fora do provador e deu uma espiada rápida na loja. Amanda com sua silhueta quase esquelética estava de costas, conversando com a vendedora, que iria testar, naquela tarde, seu nível de tolerância com clientes insuportáveis e voluntariosas. Quando se virou para voltar à cabine, deu de cara com Isa que, usando outro vestido — desta vez azul e de alças — se preparava para retornar à loja e escolher mais alguma coisa.

Ao ver Chris, Isa pôs as mãos na cintura e deu uma voltinha:

— Você prefere esse ou o rosa?

Chris a deteve.

— Volta para o provador — ordenou, murmurando entre os dentes.

Isa olhou-a perplexa, sem entender nada.

— O que deu em você? Eu quero ver se...

— Volta! A Amanda Amaral está aí. Ela não pode ver a gente e muito menos saber que vamos dar uma festa.

A menção do nome de Amanda foi suficiente para Isa entender tudo e correu de volta à cabine. Ela disse à Alby:

— Mudei de ideia. Vou experimentar aquele rosinha de novo — e fechou a porta, deixando a vendedora aturdida do lado de fora. Alby olhou interrogativamente para Chris que deu de ombros:

— Aquele primeiro vestido é TUDO! — e, também ela, voltou para o provador, onde Alê já experimentava uma blusa de seda bege.

— Não é para usar na festa, mas ficou o máximo, você não acha? — ela perguntou. Chris levou o indicador à boca, pedindo silêncio. Instantes depois ouviram Amanda se aproximar.

— Acho que esse aqui tá legal, né? Adorei essas listras... Vai ser uma festa bem comum, sabe? Mas a gente tem que caprichar, né?

Você já disse isso, Amanda — Chris protestou em silêncio.

— Talvez eu possa ajudar você a escolher o *look* perfeito — elas ouviram a vendedora comentar com Amanda. — Você sabe que, hoje em dia, as roupas não devem mais ser só bonitas. Precisam ser, também, confortáveis e funcionais. Ainda mais no calor do nosso verão.

Ela estava tentando ser gentil e profissional, mas Amanda reagiu mal:

— Você está querendo dizer o quê? Que eu não sei me vestir?

Eis uma alma gêmea de Bu Campello, pensou Alê.

— De jeito nenhum — a vendedora respondeu com diplomacia, embora, com certeza, estivesse, sim, convencida de que Amanda não tinha gosto nenhum, pois era uma constatação que saltava aos olhos. — É porque posso sugerir as peças certas aqui da loja. Tecidos sintéticos, por exemplo, retém o suor. E saltos muito altos são ruins se a festa for num jardim. Ou se houver pista de dança.

— Claro que vai ter pista de dança, né? Onde já se viu festa sem pista de dança?

— Vai muita gente?

— Não é da sua conta. Você está aqui para vender roupa e não para se intrometer nas festas da sociedade.

Grossa!!

— Vou levar essa roupa mesmo, sabe? Esse papo boboca já está me dando náuseas.

A vendedora, polidamente, nada disse. Alê e Chris permaneceram em silêncio, enquanto Amanda mudava de roupa e ficaram aliviadas quando a ouviram deixar a cabine. Esperaram três minutos para colocar as cabeças para fora e constatar que o segundo andar estava vazio. Amanda devia ter descido ao térreo, onde ficava o caixa.

Alê estava intrigada:

— Festa? Imunda e amigas vão dar uma festa?

— E na casa da "melhor amiga" dela. Na Estrada das Canoas.

Isa deixou sua cabine. Ela já havia optado pelo vestido rosa e Alby, agora, descia para embrulhá-lo.

— A Bu mora na Estrada das Canoas — ela disse.

— Vocês sabiam que elas iam dar uma festa? — Alê perguntou.

Chris e Isa balançaram negativamente a cabeça.

— E no sábado à noite, ainda por cima — lembrou Alê. — Mesmo dia da nossa.

— Isso não está me cheirando nada bem — disse Chris. — A situação pede uma reunião de emergência no Terraço Alfa. Vamos pagar essa compra e partir para lá.

14

— *Bonjour Mesdames*!! *Comment allez-vous*?!

A saudação efusiva de Lourival chegou a assustar as meninas, que tinham acabado de entrar no Terraço Alfa compenetradíssimas.

— Agora não, Lô — pediu Alê. — Estamos com dor de cabeça.

— Não diga. É o calor? Ou brigou com o sanfoneiro de novo?

— Ai, Lô...

— Desculpe, minha divina. Sei que não é da minha conta, mas eu ainda acho que você merece um bofe melhorzinho. Que tal um namorado-saxofone? Um dos garçons aqui do Terraço toca. É um instrumento mais chique do que sanfona.

— Isso dá margem a muitas interpretações, Lô — riu Chris.

Lô virou-se para ela e fez uma reverência brincalhona:

— Madame Christianne de Bettencourt. Como está o meu francês?

— Você já pode se mudar para Paris.

— *Bien sûr*. Serei, então, o novo *maître* e *sommelier* do La Tour d'Argent — ele sorriu e fez um gesto com a cabeça. — A mesa das senhoritas está pronta — anunciou. — Queiram me acompanhar, *s'il vous plaît*.

Lô estava particularmente empolgado hoje, o que contrastava flagrantemente com o péssimo humor das três.

— O que vão beber? Champanhe? Ou querem que eu prepare um Singapore Sling?

— Sucos — disse Isa. — Para mim, um de maçã com kiwi.

— Vou num de melancia com gengibre — pediu Chris.

— E eu quero um de laranja com beterraba — falou Alê.

— Bem gelados, por favor — concluiu Isa.

— Nada para comer?

— Por enquanto não.

— Vou pedir para o garçom bonitinho trazer os sucos. Eu venho junto para fazer as apresentações.

— Lô... — Alê ia protestar, mas Lô já tinha evaporado.

Isa riu:

— Se o tal garçom for tudo o que o Lô está dizendo, podemos até convidá-lo para a festa.

— Ou mandá-lo tocar saxofone na festa da Amanda — comentou Alê.

Chris cruzou as mãos diante do rosto e as esfregou nervosamente.

— Alguma coisa está me dizendo que vamos ter encrenca.

— Concordo — declarou Isa. — Me diz o que você está achando para eu ver se bate com o que eu estou pensando.

— Bom... — Chris pigarreou. — Amanda falando em festa numa casa na Estrada das Canoas. Só pode ser na casa de "vocês-sabem-quem".

— Até aí, nada demais — opinou Alê.

— Só que ninguém está sabendo dessa festa lá na escola. Vocês ouviram falar nela até a Amanda entrar na loja?

Isa e Alê fizeram que não com a cabeça.

— Desde quando a Bu e seus dragões da insolência dão uma festa em segredo?

— Pelo contrário — declarou Alê. — Elas fazem o maior escândalo. É como se não fosse acontecer mais nada na face da Terra naqueles dias.

— Um dos objetivos é jogar na cara de quem não foi convidado que as festas dela são as melhores, as mais animadas, etc. — disse Isa. — Ela acha que, assim, está humilhando os outros. Eu dou sempre graças a Deus por não ser convidada. É o maior elogio que aquelas mocreias podem me fazer.

— Então vocês concordam que tem mesmo alguma coisa errada aí? — indagou Chris.

— Elas devem ter marcado essa festa essa semana — supôs Alê. — Será que ficaram sabendo da nossa?

Chris sacudiu os ombros.

— Talvez. Nós não fizemos segredo.

— Vou mais além — falou Isa. — A Bu anda muito quieta esses dias. Isso não é bom, porque ela não é disso. Ainda mais depois da suspensão. Ela deve estar planejando uma vingança e essa festa pode fazer parte dela.

— Dar uma festa para se vingar de nós? — espantou-se Alê. — Mas isso não faz sentido.

— Quando se trata de Bu Campello, tudo faz todo o sentido — afirmou Chris. — A Isa tem razão. Aí tem coisa. E a gente vai precisar se mexer para descobrir o que é.

Lô reapareceu esfuziante, com um sorriso maroto estampado no rosto. Atrás dele vinha um garçom todo arrumadinho e engomado, carregando uma bandeja com os sucos. Suas bochechas eram gordas e vermelhas. Os cabelos escuros, meio crespos, estavam penteados com gel e, vistos à distância, pareciam de plástico.

— Queridas, deixe-me apresentá-las ao Genilson — disse Lô, animadíssimo, enquanto o rapaz, visivelmente constrangido, servia os copos. — O mais novo servidor do Terraço Alfa. Competente, educado, cavalheiro, talentoso saxofonista e, adivinhem? Solteiro. E tem vinte e três anos.

Como nenhuma das amigas dissesse nada, intimidadas pela eloquência inconveniente de Lô, Alê resolveu falar alguma coisa para a vergonha do rapaz não ser total.

— P... Parabéns! — foi tudo o que ela conseguiu pronunciar.

— É ela, Genilson. A moça que eu quero apresentar a você. Chama-se Alessandra. Que bom que vocês já se entenderam.

— Lô, deixa de ser mala — falou Chris. — Você está deixando o cara encabulado.

Lô riu:

— O Genilson encabulado? Ahahah. É mais difícil do que ver vocês três encabuladas. Esse aqui num palco é um arrasador de corações. É o nosso Kenny G. Mas ele, também, anda se decepcionando com as garotas. Ele é muito saxofone para as sanfoninhas delas.

As bochechas de Genilson tornaram-se ainda mais vermelhas, mas ele não se moveu. Alê não estava entendendo aonde Lô pretendia chegar com aquele teatro patético. Ele realmente acreditava que iria formar um novo casal ali, ou estava apenas se divertindo à custa de todo mundo?

— Lô, você é o pior casamenteiro que existe — soltou Isa, na lata. — Você está fazendo todo mundo pagar o maior mico...

— Vocês precisam se soltar mais. Eu sempre digo isso.

Chris tomou a palavra:

— Genilson, desculpe o que vou falar agora. Não é nada com você. Adoramos te conhecer, de verdade, juro por Deus — ela desviou os olhos, em seguida, para Lô. — Lô, eu vou contar até três para você SUMIR da nossa frente! Senão, vamos mudar o nosso ponto de encontro para o pipoqueiro da esquina — e começou a contar: — Um...!

— Sem problemas, minha querida. Isso significa que eu vou, mas o Genilson fica?

Chris se levantou:

— DOIS...!

Lô soltou sua inconfundível risada debochada entre dentes e falou a Genilson:

— Eu nunca disse a você que seria fácil. Mulheres são complicadas, ainda mais as clientes *vips* do Terraço Alfa — ele fez uma mesura com a cabeça. — Se precisarem de mim, é só chamar.

Quando eles saíram, Alê não se conteve e caiu numa gargalhada incontrolável. Que situação tinha sido aquela? Chris e Isa não resistiram e riram também.

— Gente, se o Lô não existisse, ele tinha que ser inventado — conseguiu falar Alê, depois de recobrar o fôlego. — É muito sem noção.

— Com certeza — concordou Isa. — Que saia justa...

— Pensei que o coitado do Genilson fosse cair duro — comentou Chris.

— Lô deve estar se achando o próprio veterano de universidade dando trote em calouro — supôs Alê. — Até me esqueci do lance com a Amanda e a tal festa.

— Mas eu não — Chris ficou séria de novo. — E não é exatamente pela festa, mas pelo silêncio daquelas lambisgoias. A gente não pode se esquecer que todas foram humilhadas essa semana e é claro que elas vão querer se vingar. Se não for nessa festa, vai ser depois.

— É — complementou Isa. — E elas devem mesmo estar armando algo perigoso para estarem nesse silêncio todo.

— Vamos ter que agir — anunciou Chris.

Alê tomou todo o seu suco em dois longos goles consecutivos e perguntou, limpando a boca com o guardanapo de linho:

— Como?

— Primeiro vamos intensificar a investigação pela internet. Deve haver algum comentário de alguém sobre essa festa em algum site. Não é possível.

— E se elas estiverem organizando tudo no maior sigilo e não houver nada em site nenhum? — indagou Isa. — O que vamos fazer?

— Aí vamos ter que nos infiltrar na festa.

Isa esbugalhou os olhos, aflita:

— Como assim? E a nossa festa?

— Não estou dizendo que vamos abandonar a nossa para ir à delas. Mas temos que saber o que elas estão tramando.

— E tem outra coisa, meninas — disse Alê. — Vai ser uma chance boa para flagrar a professora de vocês.

Chris estava tão absorvida pela ideia do plano, que tinha se esquecido completamente da Marta. Alê tinha razão.

— Pelo menos, uma de nós vai ter que ir lá.

— Na festa da Bu??!! — Isa não estava acreditando que tinha ouvido aquilo. — Você ficou louca? Nós vamos ser linchadas se entrarmos naquela casa.

— Isso se a festa for mesmo na casa dela — lembrou Alê.

— Não vai dar certo, Chris — Isa estava meio desesperada. — Tem que haver outra ideia.

Chris terminou de tomar seu suco e declarou, também nem um pouco animada:

— Vamos fazer o seguinte, então: cada uma de nós vai para a sua casa e lá fuçamos a internet em busca de informações. Talvez dê para resolver isso à distância. Se até sábado à tarde não descobrirmos nada que preste, vamos ter, sim, que invadir o ninho das cobras. E, sinceramente? — ela fez uma pausa dramática, antes de arrematar: — Acho que é exatamente isso o que vai acontecer.

15

A agressão de terça-feira parecia ter tido, ao menos, uma consequência positiva para Isa: convencer os pais a deixá-la ir de ônibus à escola. Era uma reivindicação antiga. Muitas colegas usavam ônibus — a maioria delas há bastante tempo — e não havia nada de terrível nisso, muito pelo contrário: aos dezessete anos, numa idade em que não se podia, ainda, ter carteira de motorista e que, ao mesmo tempo, todos desejavam ter liberdade e autonomia, o transporte público dava uma incrível sensação de independência e de sair sem ser monitorado pelos pais.

O Rio de Janeiro, principalmente o Centro e a Zona Sul, era uma cidade onde se podia viver muito bem sem carro. Essa era, ao menos, a impressão de Isa. Havia farto transporte público por toda parte, além de táxis. Sem contar que para muitos lugares dava para ir a pé numa boa, dependendo da distância, já que a maior parte das ruas eram planas ou apenas um pouco inclinadas, havia sempre gente circulando e a sinalização nas esquinas era excelente.

Ou seja: era a cidade perfeita para uma jovem ser livre e dona do próprio nariz, sem precisar prestar contas aos pais dos mínimos detalhes de cada passo dado.

Feliz da vida, Isa, pela primeira vez, desceu do ônibus no ponto perto da escola. Ela notou que a maioria dos passageiros tinha reparado nela de uma maneira meio estranha, mas preferiu achar que fora só impressão. Talvez todo mundo se olhasse assim mesmo. Ela estava se aproximando do portão, quando ouviu o sinal do primeiro tempo tocar. Estava atrasada. Olhou para o lado e viu Rogério atravessar a rua correndo e vir na direção dela.

Seu coração enlouqueceu e ela quase teve um treco.

— Oi, Isabel. Posso falar com você?

Ele queria falar com ela. *Ai, meu Deus, fiquei tensa.*

— Claro. Tudo bem?

— É sobre a festa de amanhã.

A voz dele era gostosa e ele estava particularmente bonitinho naquela manhã. Os cabelos encaracolados tinham sido penteados com gel e as maçãs do rosto estavam vermelhas. Ele parecia encabulado.

— Decidi que eu vou. E quero aproveitar para...

Ele parou de repente e abriu um sorrisinho insinuante.

— Para...?

Num gesto inesperado, Rogério enlaçou a cintura de Isa puxando-a para si, num gesto sensual. *Ele tinha pegada, UAU!*

— Para perguntar se você quer namorar comigo. Tô muito a fim de você, lourinha.

Ele então beijou-a com força. Isa não conseguia acreditar.

Foi então que notou uma coisa: o cabelo preso com gel, as bochechas vermelhas... Rogério estava parecido com... o garçom Genilson!

Foi só constatar isso para ele afastar sua boca da dela e começar a lamber suas bochechas. Isa não estava entendendo nada e tentou se desvencilhar, desesperada.

Quando abriu os olhos, estava com o corpo todo suado. Pitoco tinha pulado em cima dela e lambia seu rosto sem parar. Ela olhou na mesinha de cabeceira e viu que o despertador já tinha tocado havia dez minutos.

Isa afastou os lençóis e fez carinho no cachorro. A mãe apareceu na porta, de robe, mas com os cabelos já penteados. Sua mãe nunca ficava despenteada. Era a vaidade em forma de gente.

— Bom dia, filhota — ela disse. — Você está atrasada. Vá se arrumar depressa! O café da manhã está indo para mesa e o motorista já chegou para te levar.

Tinha sido tudo um sonho. Ou um pesadelo. Isa ainda não sabia ao certo. Mas ela tentou recapitular cada pedaço dele, enquanto se arrastava para o banheiro e praguejava mentalmente contra aquela vidinha mais ou menos.

* * *

Isa e Chris deixaram a sala juntas no começo do primeiro intervalo e encontraram Alê na cantina, sentada numa das mesas devorando um gordo queijo-quente, com um copo de limonada à frente. Chris foi comprar um sanduíche e um suco para ela, enquanto Isa, que não estava com fome, sentou-se em frente a Alê.

— Você foi rápida hoje — comentou Isa, que estava intrigada por Alê, em dois minutos de intervalo, ter conseguido sair da sala, descer à cantina e devorar metade de um sanduíche que ainda tivera que ser preparado. — Estava morta de fome?

Alê terminou de mastigar antes de responder:

— Eu tinha ido ao banheiro quando faltava pouco para o fim da aula. Daí, em vez de voltar para a sala para ficar dois minutos ouvindo as considerações finais do professor, vim direto para cá.

Por mais incrível que pudesse parecer, Isa ainda estava em função do sonho e não conseguia afastar a cena imaginária do beijo da cabeça. Mesmo com Rogério tendo, no final, se transformado em Genilson.

Ela deu um suspiro longo, que não escapou a Alê.

— Como está o gato? — ela perguntou, com um sorrisinho malicioso.

Isa levou o indicador aos lábios.

— Fala baixo, Alê!

— Como se alguém fosse escutar o que a gente diz nessa muvuca — Alê correu os olhos pelos montes de garotos e garotas que conversavam e gargalhavam entre si em volta delas.

— Ele está aí — respondeu Isa, desanimada.

— E confirmou se vai à festa?

No sonho, confirmou, pensou Isa.

— Não disse nem que sim nem que não.

Alê alteou uma sobrancelha.

— É um bom sinal. Enquanto ele não recusar, há esperança.

— E o PH? Tem falado com ele.

A aparente calma de Alê foi para o espaço na hora.

— Não! — ela terminou de mastigar o queijo-quente e jogou o guardanapo no prato com alguma raiva. — Não me procurou mais, aquele prego bizarro.

— E isso é bom ou ruim?

Ruim, era a única resposta. Alê não queria que ele se afastasse. Queria, sim, que ele se corrigisse. Que fosse menos ciumento e parasse de ter aqueles pitis ridículos que o igualavam, em idade mental, a uma criança marrenta de oito anos de idade. Não era para ele mudar radicalmente, se transformar num outro garoto e passar a fazer coisas de que não gostava. Ela queria aquele mesmo Pedro Henrique só que com menos ciúmes. Era pedir demais?

Alê ainda alimentava esperanças, mas começava a achar que era uma espera inútil. PH era infantil demais naquele ponto. Preferia fazer birra, aprontar um escândalo e dizer coisas horríveis e totalmente sem sentido a ela, em vez de ter uma atitude madura de reconhecer as próprias falhas e tomar a iniciativa de melhorar, a fim de preservar um relacionamento legal. A solução para ele talvez fosse fazer uma terapia. O que não seria nada demais. Alê conhecia muita gente boa que fazia, mas jamais sugeriria uma coisa daquelas para ele, pois a mera insinuação de que ele, Pedro Henrique Ambrósio, o cara mais irado da cidade, poderia ter algum tipo de fraqueza emocional, seria capaz de fazê-lo surtar e entrar numa crise sem fim, levando todo mundo à volta junto.

— Vamos falar em outra coisa? — Alê, de repente, tinha perdido quase todo o gás.

— Por que você não se abre com a gente?

Chris reapareceu, trazendo um pão de batata e um copo de suco.

— Pode tomar, se quiser — disse para Isa. Ela se sentou e notou o súbito abatimento de Alê. — O que aconteceu?

— O PH — respondeu Isa.

— Ai, meu Deus — Chris morria de pena da amiga por não conseguir se livrar daquele encosto. — Ele te procurou?

— Não — Alê notou que estava muito debruçada sobre a mesa e resolveu se endireitar na cadeira. Assim não pareceria tão derrotada. — Ele *não* me procurou.

Chris estava com o pão de batata parado a meio centímetro da boca, pensando se contava ou não à Alê da conversa que tivera com ele na porta do prédio dela. Ela sentia que era sua obrigação de amiga contar, mas eles não tinham falado nada de realmente relevante. Nada que pudesse ajudar Alê de alguma maneira.

O fato é que eles eram apaixonados e logo reatariam — se a tradição, é claro, permanecesse. Por mais que desprezasse PH e odiasse a forma tosca com a qual ele tratava sua amiga, Chris não queria atrapalhar a relação dos dois. E, além do mais, era sempre melhor dizer a verdade.

— Eu não ia comentar nada ainda, porque sei que você está mal e também porque ele e eu não conversamos nada demais — ela começou. — Mas o PH me procurou. Anteontem.

Alê e Isa a encararam, perplexas.

— Como é que é? — Alê era, é claro, a mais chocada. — O Pedro Henrique procurou *você*? — ela queria, na verdade, entender porque PH fora falar justamente com Chris, de quem ele abertamente não gostava.

Chris fez que sim com a cabeça.

— O que ele queria?

— Saber por que você não fala mais com ele. Disse que te mandou flores e você não respondeu e acha que a culpada sou eu. Disse que eu fiz a sua cabeça contra ele.

Alê ficou olhando em expectativa para Chris, esperando que ela continuasse o relato.

— E aí? O que mais? Ele só falou isso?

— Não foi nada muito além disso. Eu não me lembro de detalhes. E, na verdade, isso não vem muito ao caso. O que interessa é o seguinte e eu vou ser bem franca com você. Acho o PH imaturo, bobão, briguento, temperamental, chato... Acho que ele te faz infeliz de graça e não tem equilíbrio para namorar nem uma boneca inflável. Eu sou a última pessoa a querer defendê-lo. Mas você gosta dele e ele de você. Senti isso com muita clareza nesse encontro que a gente teve. Vocês deveriam sentar e conversar com a cabeça fria para tentar se acertar.

— Não vou fazer isso mesmo. Não quero conversa com aquele prego.

— Você quer sim, Alê. Se não quisesse, não estaria tão interessada em saber o que ele conversou comigo.

— Há poucos dias, lá no Terraço Alfa você estava suspirando, dizendo que amava ele — acrescentou Isa, com os olhos brilhando. No fundo, ela achava essa história de desencontros e reencontros de Alê e PH linda. — O amor não acaba assim de uma hora para a outra.

— E é você que tem que tomar a iniciativa dessa conversa — declarou Chris. — Para ter a liberdade de discutir tudo aquilo que te incomoda no namoro de vocês.

Alê revirou os olhos.

— Você ficou louca, Chris? É claro que isso não vai dar certo. Você acha que eu já não tentei ter essa conversa com ele outras milhares de vezes? Sempre acaba em briga.

— Como vocês já estão brigados... — Isa riu maliciosamente —, então não vai fazer muita diferença, né não?

— Vamos mudar de assunto? — Alê fez uma carranca. — A gente marcou esse encontro aqui para falar da tal festa das amigas da Bu — ela falava depressa para não dar tempo das amigas voltarem ao tema "PH". — Bem, eu passei a noite inteira fuçando a internet e não descobri absolutamente nadica de nada sobre essa festa.

— Nem eu — disse Isa. — Também fiquei horas visitando os blogs e os perfis nas redes sociais de todas as lambisgoias e não encontrei nenhuma menção à festa. É como se ela não fosse acontecer.

— Só que ela vai acontecer — retrucou Chris. — Como não tem nada na internet, sondei as poucas pessoas que considero confiáveis e ninguém sabe de nada. Essa discrição toda não combina com aquelas garotas. Aí tem coisa. Nós vamos ter que descobrir na marra.

Isa viu Rogério se aproximando relutantemente do caixa da cantina e fazendo um pedido. Depois de pagar, ele olhou em volta e seus olhos encontraram os de Isa, antes de ele baixar a cabeça instantaneamente, num sinal de timidez. Isa achou aquilo fofo. Será que ele tinha percebido o interesse dela? Será que estava a fim também?

Isa esperou que ele viesse até a mesa delas, mas isso seria pedir demais para um garoto tão retraído. Ela concluiu, então, que no dia seguinte seria ela que teria de se aproximar dele e puxar conversa (isso, é claro, se ele fosse à festa). A ideia não era muito animadora. Isa não tinha nenhuma prática na arte da conquista e tinha certeza que meteria os pés pelas mãos em algum momento — ou em todos os momentos.

— Você fica na boa? — era a voz de Alê, mas Isa não prestou atenção. Rogério foi se sentar sozinho numa mesa mais afastada com seu lanche. Ela o seguiu com os olhos sem que ele percebesse, enquanto suspirava por dentro. *Ele era tão lindinho...!*

Alê pousou a mão no braço de Isa, que quase pulou de susto.

— Você ficou surda ou o quê? — Alê perguntou.

— Como assim?

— É que nós estamos pensando no seguinte — falou Chris, que tinha percebido a presença de Rogério na cantina, mas não mencionou nada para não deixar Isa sem graça. — A nossa festa começa mais cedo do que a da Bu. Eu e a Alê ficamos um pouco com você lá no Club N e depois damos um pulo na Estrada das Canoas para tentar nos infiltrar na outra festa. Temos 99,9% de certeza de que é na casa da Bu.

— Vocês vão me deixar sozinha no Club N?

— Vai estar a maior galera lá, Isa — argumentou Alê. — Você não vai ficar sozinha.

Chris fez coro:

— Nós precisamos saber o que aquelas mocreias estão aprontando. A única maneira é penetrar na festa delas. Como você não pode sair da nossa festa, já que ela está acontecendo por sua causa e do seu amorzinho, vamos a Alê e eu.

— Tudo bem, tudo bem... — Isa entregou os pontos. — Mas não é meio arriscado vocês entrarem lá?

— Você tem uma ideia melhor? — indagou Alê.

Isa pensou um bocado, mas acabou fazendo que não.

— Então é isso ou esperar o desastre de braços cruzados — Chris abriu um sorriso amarelo, cruzando as mãos diante do rosto, com os cotovelos apoiados na mesa. — Se tem uma pessoa que quer distância daquela casa e daquela gente, essa pessoa sou eu. Talvez a gente nem consiga entrar. Mas temos que tentar. Nem que seja para ficar com a consciência tranquila.

Isa não estava gostando daquilo. Algo, no fundo do seu ser, dizia que as amigas correriam risco de vida e que aquele plano idiota não tinha futuro. Mas como não dava para argumentar com Chris e Alê, acabou concordando e virou-se em seguida para observar Rogério à distância. Ficou se perguntando se ele, caso se soltasse um pouquinho, seria como o Rogério do sonho e sentiu um friozinho gostoso na barriga ao se lembrar que, amanhã à noite, teria uma primeira chance concreta de descobrir.

16

Enfim, o grande momento tinha chegado.

A entrada do Club N estava abarrotada de gente naquela noite de sábado. O clube noturno funcionava num belo casarão de dois andares fincado no centro de um terreno ajardinado e arborizado na Gávea. A quantidade de carros de luxo que não paravam de chegar era impressionante e evidenciava que o lugar se achava no auge da badalação. Nem todo mundo estava indo para a festa de Chris, Alê e Isa.

Com vários ambientes, o Club N recebia públicos distintos: alguns iam para sacudir o esqueleto nas pistas de dança, outros preferiam os *lounges*, onde era possível conversar num ambiente gostoso com a música num volume mais equilibrado e havia ainda a área exclusiva para os sócios e seus convidados.

Chris tinha reservado um dos *lounges* para a festa delas. Ele ficava no segundo andar e a entrada era independente, por uma charmosa e discretíssima porta lateral. Para se chegar até ela, se percorria um romântico caminho de paralelepípedos, rodeado de arbustos floridos e pinheiros iluminados por refletores colocados no gramado. Um charme só. O cheiro de grama e de flores ali era forte e envolvente. Dava até pena ficar fechado numa festa tendo toda aquela natureza à disposição, banhada por uma noite fresca e de céu estrelado.

Ao cruzar a entrada da rua e caminhar em direção ao acesso ao *lounge*, PH procurou andar devagar e tentar manter o máximo de tranquilidade. Ele já sabia o que fazer para penetrar na festa, mesmo sem ter sido convidado. E mesmo se não conseguisse entrar, não seria o fim do mundo. O pior que poderia acontecer seria ele ter de voltar para casa.

Mas ele queria entrar. Desde a tarde de quarta, quando seguiu Christianne do prédio dela até aquele lugar, estava bastante cismado. Ele não confiava em Christianne. Sabia que ela o achava um mané e que faria de tudo para separá-lo de Alê, pois a amiga, nas palavras dela, "merecia coisa melhor". Se elas estivessem armando alguma contra ele — e tudo indicava que estavam mesmo — todas iriam pagar caro e Christianne seria a primeira. *Megera!*

O controle de convidados era feito por uma moça alta e muito maquiada numa mesa ao lado da entrada do *lounge*. Um segurança enorme de terno preto abria a porta para os convidados e, caso a moça decidisse que PH não tinha direito de entrar na festa, seria ele quem gentilmente o arremessaria para fora dali. Fazendo a sua cara mais simpática, PH deu boa-noite à moça e falou num tom de voz quase musical:

— Boa noite. Sou namorado da Alessandra Penteado, uma das organizadoras da festa.

Ele nem mesmo tinha certeza se Alê era mesmo uma das organizadoras, mas como aquelas três nunca faziam nada separadas, ele resolveu chutar.

— Seu nome? — a moça perguntou.

— Pedro Henrique Ambrósio.

A moça examinou a lista. O nome dele não constava, como já era esperado.

— A Alessandra vinha comigo — PH fez força para transmitir tranquilidade e segurança. Nem parecia o garoto descontrolado que tinha crises de ciúme quase assassinas. — Só que aconteceu um imprevisto e aí a gente foi obrigado a vir separados. A Alessandra deve ter colocado, ao lado do nome dela, que ela traria um acompanhante.

A moça conferiu o nome de Alê, mas também não encontrou nada.

PH apanhou o celular do bolso da calça:

— Posso ligar para ela agora, se quiser.

A moça sorriu, prestativa:

— Não precisa.

Ela caíra na conversa.

— Algum funcionário nosso deve ter se esquecido de anotar essa observação. Isso acontece — ela prendeu uma pulseirinha verde-fosforescente no pulso de PH e apontou para a porta. — Pode entrar.

PH sorriu aliviado e cumprimentou o segurança quando ele abriu a porta. Melhor assim. Não teria sido a circunstância mais agradável do mundo se aquela montanha de músculos engravatada o tivesse escorraçado dali.

Para se chegar ao *lounge*, subia-se uma escada larga, iluminada indiretamente em suaves tons azulados e prateados. Lá em cima, a decoração era totalmente *cool*. As paredes eram revestidas com tijolos de demolição e o piso, de madeira clara. A iluminação era discreta, semelhante à da escada. Algumas pinturas abstratas decoravam as paredes nuas. Havia pufes e poltronas modernas espalhadas por toda parte. No teto, um telão mostrava imagens em movimento, que PH não sabia identificar. Uma música eletrônica bem calma preenchia o ambiente. Estava escrito no telão: *Kristall*, de G-Trance-Point.

PH foi obrigado a reconhecer: era realmente um lugar sofisticado e muito maneiro. Christianne podia ser uma chata, mas tinha bom gosto para escolher onde se divertir. E sabia como montar uma festa.

O *lounge* não estava cheio. Ou a maioria das pessoas não tinha chegado, ou então elas tinham convidado pouca gente. Por isso, PH foi cauteloso ao entrar. Avistou Chris em pé no meio do salão, ao lado do bar, conversando com outra garota que ele só conhecia de vista. Não havia sinal de Alê nem de Isa. Ele disfarçadamente caminhou até Chris e debruçou-se no bar, ficando exatamente de costas para ela. Chris estava tão entretida com a conversa, que, felizmente, nem o notou.

— Deseja beber alguma coisa? — o bartender perguntou a ele.

— Uma cerveja.

— Não estamos servindo cerveja hoje. Pode ser um ponche?

PH torceu os lábios contrariado. Isso, é claro, era coisa de Christianne, que achava cerveja bebida de "gentinha".

— Tudo bem — ele respondeu, vendo que não adiantaria argumentar. O bartender foi pegar a bebida e PH esticou os ouvidos para escutar o que Chris conversava.

— ...mas eu não gostei mesmo. Nada a ver colocar gelo em champanhe. Fica muito cafona.

— Mas com esse calor, até que era uma, né? — a outra menina argumentou.

— Não, não, Van. Nem pensar — respondeu Chris. — A galera aqui não ia curtir. E além do mais tem outra coisa: hoje nós vamos formar um casalzinho novo e eu quis caprichar na festa, inclusive na bebida, para não ter erro.

— Se é assim, você mandou bem.

Como é que é?, PH ficou tenso. *Casalzinho novo?*

— A gente não pode errar nessas horas, né? O garoto não deu certeza se vinha e ela está toda ansiosa, tadinha. Mas eu acho que ele vem sim.

Ela está toda ansiosa? Que "ela"? PH quase se virou para cobrar explicações.

— Só estou esperando ele chegar para eu sair. Você já sabe o que tem que fazer enquanto eu estiver na rua, né?

— Deixa comigo, Chris.

— Eu não vou demorar. — Chris fez uma pausa e arrematou, parecendo impaciente. — Droga, cadê a Alê, que não chega?

PH pensou ter entendido errado. Ou melhor: ele queria ter entendido errado. Mas foi aquilo mesmo que a maldita disse. Primeiro, ela falou em "formar um casalzinho". Depois, comentou que estava esperando "ele" chegar. E, em seguida, reclamou que Alê não tinha chegado. Estava tudo muito claro: Christianne, a víbora, tinha armado aquela festa para apresentar um carinha à Alê, que estava "ansiosa" porque ele não tinha confirmado se viria.

Foi por isso, então, que Alê não tinha ligado para agradecer as flores e não atendia mais às suas ligações. Ela estava em outra. E o boboca ali crente que a culpa era dele, por ter sido grosso com ela.

Ele tinha sido manipulado por Alê. E agora Christianne estava bancando o Cupido e dando uma festa só para Alê ficar com o tal carinha que, sendo amigo de Christianne, devia ser um mauricinho todo metido.

PH teve vontade de chorar, mas não ia fazer aquilo no meio de uma festa para a qual, aliás, nem tinha sido convidado. Ele engoliu as lágrimas que começavam a querer escapar dos seus olhos. Que humilhação! Ele reconhecia que tinha vacilado com Alê. Não quis admitir isso para ela, mas precisava ser sincero com ele mesmo. Não foi a primeira vez. Isso também era verdade. Ele era esquentado, ciumento demais e precisava mudar. Ele tinha prometido a si mesmo que iria mudar. Mas Alê teria de dar uma nova chance a ele em vez de se enrabichar pelo primeiro que aparecia.

Ele nem sabia o que faria se flagrasse os dois num amasso naquela festa. A única certeza é que perderia o controle. E a partir daí, tudo poderia acontecer. Não era um bom começo para quem pretendia mostrar uma imagem mais civilizada. Mas ele não iria embora. Queria ficar e ver a traição com seus próprios olhos. Só assim acreditaria de verdade.

O bartender trouxe a taça com ponche e PH tomou tudo num gole só. Nem prestou atenção ao gosto da bebida. Precisava relaxar um pouco para poder pensar melhor. A voz de Christianne tinha desaparecido. Mais desinibido por causa do álcool, ele olhou para trás, mas não a viu. Será que ela já tinha saído?

E Alê, onde estaria?

PH estava decidido a ficar ali até ela aparecer. Não deixaria sua namorada se aproximar de nenhum outro carinha que não fosse ele próprio.

17

Isa estava deslumbrante no vestido rosinha de ombro único comprado na FRIX. Ela encontrou Chris na antessala do banheiro feminino, aonde tinha ido para retocar o gloss.

— Você está tããão bonita, amiga — exultou Chris. — Vai deixar o gato de queixo caído.

Isa apenas sorriu. Estava ansiosa demais para se permitir um segundo que fosse de descontração. Nem mesmo para elogiar o visual básico-chique de Chris: um vestido preto Porfírio Bravo com a cintura marcada por uma faixa de cetim num tom grafite levemente mais claro. A roupa fazia um contraste divino com a pele muito alva dela. A amiga também usava pouca maquiagem e os cabelos escuros e compridos estavam presos de uma maneira displicente no alto da cabeça. A maioria das pessoas jamais adivinharia que ela passara três horas na frente do espelho ajeitando-os de modo a ficarem calculadamente descontraídos.

As duas foram caminhando da área dos toaletes de volta ao *lounge* enquanto conversavam.

— Eu estava falando agora com a Vanessa e combinamos tudo. Ela vai ficar responsável pela festa junto com você enquanto eu e a Alê vamos à casa da Bu.

— Ai, Chris... Vocês vão fazer isso mesmo? E se elas pegam vocês lá dentro?

— Prefiro não pensar nisso — ela sorriu, meio desanimada. — É melhor.

Praticamente todo os convidados já tinham chegado e as duas foram cumprimentá-los. PH, no bar de costas para o salão, não percebeu, enquanto bebia o segundo ponche.

Chris olhou nervosa para o relógio.

— Quase nove horas e nada da Alê. Já era para ela estar aqui.

— Eu só queria saber se o Rogério vem. Ele podia, pelo menos, ter dado uma resposta objetiva: sim ou não. Assim eu não ficaria nervosa desse jeito.

Chris sorriu, com malícia:

— Para com isso, Isa. Vai me dizer que não é gostoso ficar nessa dúvida? Se ele tivesse dito que não viria, não teria a mesma graça. É esse mistério que dá graça ao amor.

— Não curto mistérios.

— A conquista é uma arte. Se você souber fazer direitinho, ele vai ficar totalmente na sua.

Isa lançou-lhe um olhar enviesado:

— Quantas taças você já bebeu desde que chegou?

— Poucas. E mesmo se só tivesse tomado água, era isso o que eu diria a você, tá?

Isa olhou na direção da escada que subia da entrada e foi então que viu. E seu coração quase parou.

Ele acabara de chegar.

Ele tinha vindo.

Chris também viu e, sutilmente, cochichou à amiga:

— Eu não disse que ele viria?

Havia outras pessoas chegando. A última leva de convidados, provavelmente. Os retardatários de sempre. Rogério estava lindo, todo arrumadinho. Calça jeans, sapatênis preto, camisa social dobrada e os cabelos encaracolados tinham sido fixados com gel. Quase como no sonho. *Ai, meu Deus...*

Isa começou a ficar nervosa de verdade. Um arrepio desagradável tomou conta da região acima da sua cintura e ela confidenciou a Chris:

— Ai, meu Deus. Estou com vontade de soltar um... pum!

Chris virou-se para ela, horrorizada:

— O quê?! Nem pense em fazer isso. Quer por tudo a perder justo agora?

— É que está vindo forte. Acho que comi muito feijão no almoço.

— Contaminar a festa com o aroma de lavanda das profundezas do seu intestino não vai ajudar você a impressionar o gato.

— Li em algum lugar que reter um pum pode matar a pessoa de enfarte, sabia?

— Então morra de enfarte, mas não solte o pum.

— Eu vou soltar. Se é para morrer, prefiro morrer de vergonha. Ai, ai, AI!!!!

Chris se rendeu:

— Tudo bem, tudo bem. Deixa, então, eu mandar aumentar a música, para ninguém te ouvir. A gente morre intoxicado, mas, pelo menos, sem precisar saber o motivo.

Chris afastou-se até a cabine do DJ, no momento em que começava a tocar *Underwater*, envolvente batida *trance* do Delerium, uma das suas bandas preferidas. O volume subiu e a galera foi ao êxtase quando a música contagiou o ambiente.

Chris se dirigiu ao meio do salão. Era hora de atrair a atenção coletiva e, deste modo, tirar o foco de Isa e Rogério, dois tímidos que precisavam do máximo de privacidade para se entender. Ela começou a dançar num ritmo sensual, descendo um pouco o corpo e subindo em seguida, protagonizando um espetáculo quase divinal para os rapazes que estavam ali e que, obviamente, não esperavam que Chris se revelasse daquela maneira. Ela dançava com a leveza de um pássaro noturno. Os braços nus agitavam-se lascivamente para o alto e seu corpo movia-se numa desenvoltura fenomenal, abrindo caminho para todo mundo abandonar os últimos resquícios de inibição e se soltar de vez. Em menos de um minuto, o lugar tinha se transformado numa animadíssima pista de dança, em que todos estavam, incrivelmente, na mesma sintonia. Sem perceber, Chris tinha virado o centro da festa. Um garoto de cabelo cortado a máquina e corpo trabalhado em academia a observava com um interesse além do normal.

Alê, por outra parte, continuava sem dar o ar de sua presença.

Sentindo-se abandonada pelas melhores amigas no momento que mais precisava delas, Isa não teve alternativa senão ir sozinha receber Rogério. O pior de tudo é que não tinha bebido uma única gota de champanhe ou de ponche. Pelo menos a barriga não estava mais doendo. Ela nem se lembrava mais se tinha, digamos, expulsado os indesejados ares excessivos do seu trato intestinal. Isto é: se o pum saiu, ela não notou.

A aproximação dos dois se deu em câmera lenta. Ou, pelo menos, essa foi a sensação que Isa teve. Ou que sua imaginação queria que ela tivesse e ela acabou acreditando. O fato é que a música, Chris dançando em meio à galera em delírio, os garçons carregando bandejas com champanhe ou água... tudo, enfim, ficou em segundo plano. Era como se ela e Rogério fossem os protagonistas do próprio filme e todo o resto não passasse de cenário e figuração.

Exagerada, não?

Isa era assim. No ato de sonhar, pelo menos, ela não conhecia inibições.

Ela se perguntava se Rogério valia mesmo todo aquele esforço. E se fosse uma paixonite de curta duração?

E se ela estivesse fantasiando em cima de um sentimento que, na verdade, nem existia?

Isa poderia estar se sentindo uma criançona tola, falsamente apaixonada por um quase estranho.

Poderia, mas não estava. Naquele momento, com Rogério e seu rosto quase angelical se aproximando lentamente, Isa apenas pensava que deveria curtir o momento. E que acontecesse o que tivesse que acontecer.

Ficaram frente a frente, enfim. Isa abriu um sorriso e estendeu a mão para cumprimentá-lo.

— Oi. Que bom que você veio.

Os dois apertaram as mãos e, em seguida trocaram beijos nas faces.

Tudo um pouco formal, mas era um começo. A noite apenas tinha começado.

— Não podia deixar de vir — ele abriu um sorriso largo. Comovente de tão verdadeiro. — Estou feliz de estar aqui.

Isa estava encantada com o jeitinho dele. Cada vez se derretia mais.

— Estava legal o aniversário da sua prima?

— Mais ou menos. Mas foi difícil sair de lá.

— Como assim, mais ou menos?! Está ótimo, isso sim!

A voz, meio autoritária, meio mordaz, tinha vindo de trás dele. Uma voz feminina, encorpada, de uma pessoa desabituada a ser contrariada. Isa não sabia o porquê, mas sacou isso logo. Ela, então, viu a dona da voz aparecer atrás de Rogério. Era uma mulher loura, alta e corpulenta, aparentando uns cinquenta anos. Sem se dar o trabalho de sorrir, ela estendeu a mão para Isa, que a apertou desorientada.

— Muito prazer. Sou Dalva. A mãe de Rogério.

Mãe?!

Num primeiro momento, Isa achou que tivesse ouvido mal. No instante seguinte, ela olhou para os dois, alternadamente, sem conseguir esconder a perplexidade.

Então, Rogério tinha ido à festa delas com a mãe a tiracolo? Ele não tinha, tipo assim, a mais remota ideia do mico que era fazer uma coisa daquelas? Que idade ele tinha, afinal? Oito aninhos?

Será que ele estava esperando encontrar também um teatrinho de marionetes, velocípedes e um palhaço animando a garotada? E a mãe ficaria de olho enquanto ele brincava de pique-esconde e de "mamãe, posso ir?"?

De repente, Isa caiu em si e, por um instante particularmente incômodo, se perguntou que moral tinha ela para criticá-lo. Logo ela, que, quase aos dezoito anos, não conseguia sequer tomar um ônibus sozinha, por causa da marcação cerrada dos pais. Isa até poderia não aparecer com a mãe numa festa, mas seria quase certo que esta a levaria de carro até a porta. Ou mandaria o motorista levar, como aconteceu hoje. Como acontecia sempre.

Seja como for, Isa não se lembrava de ter convidado a mãe de Rogério. O convite era só para ele — pessoal e intransferível. Se bem que Chris dissera que ele podia levar um acompanhante. Rogério, no entanto, respondeu que viria sozinho. Então, como ele aparecia, agora, escoltado pela mamãe?

Isa estava decepcionada. Mas havia o lado bom. Aliás, sempre havia um lado bom para tudo. Se Rogério trouxera a mãe, era sinal (ou, pelo menos, um forte indício) de que não tinha namorada. Se bem que, diante de uma situação daquelas, Isa já não tinha certeza se gostaria de namorar com um garoto preso à saia da mãe.

— Seja bem-vinda, dona Dalva — Isa respondeu, delicadamente.

— Obrigada. Foi ideia sua a festa?

— Sim. Minha e de duas amigas.

— Vocês dão festas assim com frequência?

Aonde aquela mulher estava querendo chegar? Havia um leve tom de censura na forma como ela fazia as perguntas.

— Mais ou menos. Essa é a primeira do ano.

— Primeira do ano? Isso significa que vocês darão outras... Quantos anos você tem, menina?

Isa olhou rapidamente para Rogério, que não escondia o pânico. Ele, definitivamente, estava odiando aquela situação.

— Dezessete.

— E você acha que isso aqui é um ambiente para meninas de dezessete anos? Onde estão seus pais que deixam uma garota da sua idade se enfiar numa boate? Por que não está em casa estudando?

— Aqui não é uma boate — reagiu, Isa. Se aquela mulher estava pensando que iria invadir a festa dela para botar banca, ela estava enganada. — É uma área de festas privativas.

Pela cara que fez, Dalva não gostou da réplica.

— Mas estão servindo bebida alcoólica para menores. Você sabia que isso é proibido?

As costas de Isa ficaram rígidas. Reconhecia que Dalva estava certa. Mas a verdade era que, hoje em dia, nove entre dez festas de adolescentes tinham álcool e, em muitas delas, até bebidas destiladas, que eram as mais fortes. Ela, Chris e Alê sabiam que essa era uma situação inevitável e resolveram criar um meio-termo. Não serviam destilados e restringiam as bebidas a vinho, champanhe e drinques leves. Também baniram a cerveja, pois era a bebida favorita dos garotos que, frequentemente, abusavam dela e acabavam ficando fora de si e criando confusão. O champanhe, pela sua própria natureza, exigia um mínimo de classe a quem bebia e ao selecionar os convidados. E Chris nunca chamava novamente alguém que tivesse aprontado em festas anteriores.

Mas Isa não daria aquela explicação detalhada. Iria parecer que estava se justificando àquela mulher antipática, que não passava de uma penetra abusada. Não tinha contas a prestar a ela. Por isso, limitou-se a dizer:

— Infelizmente, todas as festas hoje em dia têm álcool. É a realidade, dona Dalva. Então, o que fazemos é servir bebidas mais leves. Destilados não entram. Além disso, ninguém aqui fuma ou usa drogas.

— Tem certeza? Olhe só para isso — Dalva observou os convidados dançando, com nítida desaprovação. Isa teve vontade de dizer: "se não está satisfeita, então vá embora!" Mas antes que tivesse a oportunidade sua atenção foi atraída para Chris, que tinha se afastado da pista improvisada e terminava de atender uma chamada rápida no seu *iPhone*. Imediatamente, ela falou qualquer coisa a Vanessa e disparou escada abaixo. Isa teve vontade de ir atrás, mas percebeu que Rogério estava falando.

— Sua festa está muito bonita, Isabel.

O pobrezinho estava terrivelmente contrariado. Seus olhos, murchos, pareciam suplicar por desculpas. Isa sentiu uma ternura imensa. Algo nele a atraía demais. Não havia como fugir dos próprios sentimentos. Ela nunca imaginou ser possível se interessar por um garoto assim tão depressa. Será que era a tal química de que tanto falavam?

— Obrigada — Isa queria que Dalva se afastasse uns cinco minutos para que os dois pudessem conversar um pouco, mas a mulher não se movia. Ela voltou a olhar para a escada, por onde Chris tinha desaparecido havia menos de um minuto, no exato instante em que um cara descia, também apressado, dando a impressão de ir atrás dela. Ele era bonitão, tinha o corpo sarado e o cabelo muito curto, cortado à máquina dois. Vestia-se com uma despojada combinação de jeans e camiseta justa, realçando os bíceps. Isa não se lembrava de tê-lo visto. Ele parecia interessado em Chris.

Será que os dois tinham combinado de sair juntos a fim de, digamos, ficar a sós? Mas e a ida à casa de Bu?

Isa foi despertada, mais uma vez, por Rogério que, num gesto inesperado, confidenciou a ela:

— Desculpe ter vindo com minha mãe. Foi difícil sair da festa da minha prima e ela insistiu em vir junto. Ela parece meio brava, mas é boa gente.

Isa não se conteve:

— Você tem que fazer tudo o que sua mãe manda?

Ela se arrependeu, na mesma hora, de ter soltado aquela bomba. Rogério ficou sem graça.

— É uma história longa. Eu vou te contar e você vai entender. Mas eu quis muito vir. E vou ficar.

— E se ela quiser ir embora?

— Eu vou ficar, já disse.

Havia alguma firmeza na voz dele e Isa gostou. Ela decidiu, então, mudar de tática. A única maneira de amansar aquela mãe zelosa seria conquistando a confiança dela. Então era a hora de ser sociável e gentil.

— Vamos nos sentar ali no fundo onde a música não está tão alta?

Dalva pareceu surpresa com o convite, ainda mais porque Isa olhava para ela sorridente.

— Vocês querem beber o quê? Água, refrigerante, suco...?

— Eu vou aceitar uma taça de champanhe — respondeu Dalva, num tom de "eu-sou-adulta-e-posso-beber-de-tudo".

Caminharam até um conjunto de poltronas largas perto do bar. Um garçom trouxe o champanhe de Dalva e sucos para Isa e Rogério. Depois, Isa pediu ao DJ para abaixar um pouco o volume da música e sentou-se ao lado de Rogério. Sentia-se mais relaxada e confiante. Os três fizeram um brinde e foi então que Isa olhou casualmente para a esquerda e levou um baita susto ao ver PH debruçado no bar, olhando fixamente para frente, parecendo chapado.

Ele também tinha visto Chris saindo, seguida do cara sarado de cabelo quase raspado à máquina dois. E mil ideias rodopiavam na sua cabeça naquele momento.

18

Chris sacou que seria impossível ouvir a campainha do *iPhone* com a música no volume máximo. Por isso, programou-o para vibrar caso recebesse chamadas e colocou-o bem preso à faixa de cetim na cintura, enquanto dançava. Em cinco minutos, alguém ligou. Ela reconheceu o número do celular de Alê no visor e afastou-se para atender.

— Onde você está? — Chris perguntou, extravasando toda a sua impaciência com a demora da amiga.

— Num táxi em frente ao Club N. Desce logo.

Desligaram. Chris só teve tempo de dizer a Van que estava saindo. Isa parecia numa boa conversando com Rogério e uma senhora que ela não reconheceu. Talvez uma das sócias do Club N. Satisfeita, vendo que o objetivo maior da festa estava sendo alcançado e, ao mesmo tempo, meio tensa com a missão que a esperava, ela desceu correndo a escada até a saída do *lounge* e atravessou o jardim. No portão, avistou o táxi parado na rua silenciosa.

Sentou-se ao lado de Alê no banco de trás.

— Pode ir — disse Alê disse ao motorista. — Estrada das Canoas, por favor.

O carro arrancou. Chris olhou estarrecida para Alê, que usava uma minissaia de couro preta curtíssima e um tomara-que-caia de oncinha, que mal lhe cobria os peitos avantajados. O rosto estava supermaquiado, principalmente no entorno dos olhos.

— Que roupa é essa? Vai rodar bolsinha?

Alê fez uma careta:

— Foi por isso que eu demorei. Resolvi me vestir como uma autêntica convidada de uma festa de Bu Campello. A ideia não é se misturar para não chamar a atenção?

— Mas você está parecendo uma *drag queen*...

— Eu sei o que estou fazendo, tá? Você acha o quê? Que estou amando vestir esse treco pavoroso? Você é que precisa tomar cuidado. Está discreta demais para os padrões daquela gente.

O táxi serpenteou pelas ruas da Gávea, até deixar o bairro pelo Túnel Acústico, em direção a São Conrado. Chris ia falando:

— Acho que não devemos simplesmente chegar lá. Seria bom levarmos alguma coisa para a festa.

— Tipo o quê?

— Champanhe, talvez. Pode ser que tenha algum segurança na porta e ele resolva implicar com a gente. Levando coisas para a festa, vai ficar mais fácil convencê-lo a entrar. Já usei esse truque outras vezes e funcionou.

— Podemos passar no supermercado antes e comprar. O problema vai ser se a própria Bu abrir a porta.

Chris soltou uma risadinha:

— Não existe o menor risco disso acontecer. Em primeiro lugar, porque a madame não é dada a ter esse tipo de trabalho. Além disso, a festa deve estar acontecendo em torno da piscina, que fica do outro lado da casa.

— Como é que você sabe disso?

— Já estive lá uma vez, num aniversário dela. Faz uns anos. Eu e você ainda não nos conhecíamos e a Bu ainda não tinha se transformado no monstrinho que ela é hoje.

O táxi passava, agora, em frente ao São Conrado Fashion Mall. Elas avistaram, lá na frente, a silhueta grandiosa da Pedra da Gávea projetada sob o céu estrelado. O trânsito na Autoestrada Lagoa-Barra fluía incrivelmente bem para uma noite de sábado.

Alê pediu ao taxista para estacionar junto ao supermercado que ficava ao lado da igrejinha de São Conrado. Ela e Chris desceram e correram para dentro do estabelecimento. Todas as pessoas que faziam compras naquele momento pararam para observar Alê, com sua roupa vulgar e extravagante, mas ela não deu a mínima. Chris jurava que três caras, pela expressão gulosa em seus rostos, estavam prestes a se aproximar para fazer algum convite indecente, caso as duas demorassem mais três minutos ali. Escolheram quatro garrafas de Veuve Clicquot, pagaram e voltaram rapidamente ao táxi.

O motorista virou à direita e começou a subir a Estrada das Canoas, uma via sinuosa que ligava São Conrado ao Alto da Boa Vista, bairro serrano da cidade. Alê pediu ao motorista para desligar o ar-condicionado e desceu o vidro da sua janela. O ar puro e fresco da mata invadiu o carro, trazendo um momento de paz. Era a paz que precedia a tormenta.

Chris não se lembrava exatamente onde ficava a casa da família Campello, pois estivera lá uma única vez aos onze ou doze anos de idade. Sabia, apenas, que ela não ficava muito distante da orla de São Conrado. De repente, o silêncio da noite foi quebrado por uma batida irritante de um funk:

"O bagulho é chapa quente
E eu já tô bombadão
Vem potranca mercenária"

Alê e Chris se olharam em expectativa. O táxi avançou mais um pouco. O funk ficou mais alto, sinal de que estavam se aproximando do lugar onde ele era tocado.

"Botar pressão no popozão
Vem cachorra preparada
Me deixar bem boladão"

Aquela música grotesca — o *Batidão do popozão*, *hit* funk do momento — não deixava dúvidas sobre o local da festa. Chris olhou pela janela e reconheceu o muro e o portão da casa de Bu.

— Chegamos — Chris anunciou. De repente, ela se viu sem a menor vontade de ir adiante e pensou seriamente em desistir de tudo e arcar com as consequências no doce conforto do seu lar.

O carro estacionou em frente ao portão. Como Chris não se moveu — e sentindo a hesitação súbita dela — , Alê abriu a porta do carro e anunciou:

— Não sei quanto a você, mas eu vou entrar. Não gastei horas me produzindo até ficar com esse *look* de piranha à toa.

Ela saltou e Chris, torcendo os lábios, contrariada, fez o mesmo. Cada qual segurava uma sacola com duas garrafas de champanhe. Com a respiração presa, Alê pressionou o botão do interfone ao lado do portão.

* * *

— Dá licença um minutinho — disse Isa, levantando-se, a Rogério e Dalva. — Eu já volto. Fiquem à vontade.

Ela se aproximou de PH no bar e perguntou:

— O que é que você está fazendo aqui?

PH pareceu despertar de uma espécie de transe.

— Oi, Isabel. Desculpa não ter falado contigo antes.

PH foi surpreendentemente gentil e ela se sentiu a criatura mais mal-educada da face da Terra.

— Tô esperando a Alê — ele concluiu.

A estupefação de Isa aumentou um grau.

— A Alê convidou você? Ela não me disse nada. Pensei que vocês estivessem brigados.

— E estamos ainda. Não, na verdade ela não me convidou. Eu é que resolvi aparecer. Desculpa se banquei o penetra, mas é que eu precisava falar com ela.

Isa realmente não ligava para o fato de ele ter aparecido sem convite. Ao contrário: julgou aquilo um ato de amor. O homem apaixonado que corre o risco de ser barrado pela segurança escolada do Club N só para encontrar a mulher amada.

— Não vi a Alê hoje. Ela não chegou ainda à festa.

— Acho que perdi meu tempo — PH era a imagem do desânimo.

— Ela não chegou ainda, mas vai chegar. É só esperar mais um pouco.

— Não é isso. Acho que perdi meu tempo vindo aqui para tentar fazer a Alê voltar pra mim. Eu ouvi, sem querer, uma conversa da Christianne com outra amiga de vocês. Ela estava dizendo que ia apresentar a Alê para um outro carinha essa noite.

Isa não conteve a surpresa:

— Tem certeza que ouviu isso mesmo?

— Tenho. E já sei até quem é o carinha — PH lembrou-se do sujeito que tinha ido atrás de Chris. Com certeza para encontrarem Alê. — Ele tá aqui na festa.

— A Chris não comentou nada comigo. Estou passada.

Isa se perguntou se PH não teria confundido as bolas e ouvido “Alê” onde Chris falou “Isa”. Afinal, a festa tinha sido armada para que ela se aproximasse de Rogério. Isa pensou em mencionar isso a PH, mas não encontrou coragem. Ela não o conhecia o bastante para se abrir daquela maneira, não tinha nenhum interesse em partilhar seus segredos mais íntimos com ele e, além do mais, Rogério estava sentado logo atrás com a mãe e poderia ouvir.

Por outro lado, Isa tinha a impressão de que alguma coisa estava fora do lugar naquela noite. Afinal, Alê não dera as caras na festa e Chris fora embora de uma maneira estranhíssima. Sem contar o gato de cabelo à máquina que correu atrás dela. Era bem verdade que as duas tinham decidido invadir a casa da Bu Campello, mas o combinado era que Alê passasse na festa antes para elas irem juntas. E o que o cara de cabelo à máquina tinha a ver com tudo aquilo?

Será que era ele que Chris estava pensando em apresentar a Alê? Mas se o objetivo era esse, por que Alê não estava na festa? Teria ela desistido na última hora? E por que as duas não contaram nada?

— Sei que perdi a parada — PH suspirou.

Isa olhou para trás, onde estavam Rogério e a mãe e acenou num pedido silencioso para eles esperarem um pouco mais.

— Acho que não, PH — ela disse. — A Alê gosta muito de você ainda. Eu estava na casa dela com ela quando você mandou as flores. Ela conversou comigo. Estava aborrecida com as discussões de vocês, mas nem passou perto de mencionar que queria namorar outro cara.

— Mas eu ouvi a Christianne dizer que...

— Ouviu errado — Isa interrompeu com firmeza. — Se elas estivessem tramando alguma coisa, eu saberia. Nós três não temos segredos.

— E se *tu* soubesse, me diria?

— Eu não mentiria para você sobre uma coisa séria dessas.

Aquela afirmação surtiu um efeito terapêutico em PH. Ele e Isa não eram muito chegados, mas ele tinha muito mais confiança nela do que em Chris.

— Tudo bem. Mas por que a Alê não veio à festa?

— Por que não liga para ela e pergunta?

— Ela não atende às minhas chamadas.

Isa encarou PH demoradamente, ciente de que ele estava pensando o mesmo que ela, e vendo que não tinha outra coisa a fazer, apanhou o celular e fez uma ligação para o celular de Alê.

Estava desligado ou fora da área de cobertura.

Ela dirigiu um olhar para PH e ele pareceu entender.

— Continua tentando — Isa entregou o celular a ele. — Em algum momento, a Alê vai ter que atender.

Ele assentiu com a cabeça.

— Vou fazer isso. Valeu mesmo, Isabel.

Despediram-se. Quando voltou a se sentar com Rogério e Dalva — que bebia, naquela altura, sua terceira ou quarta taça de champanhe —, Isa olhou para o centro do salão, onde os convidados dançavam e avistou o saradão misterioso de cabelo à máquina dois. Ele estava de pé, um pouco afastado, e parecia procurar alguma coisa no celular, suspenso em sua mão.

19

Uma voz metálica masculina surgiu no interfone:

— Viemos para a festa da Bruna — informou Alê. Antes que o homem perguntasse os nomes delas, ela emendou. — O senhor ou outra pessoa da casa pode vir até o portão para nos ajudar a levar o champanhe que trouxemos? As garrafas estão pesadas.

— *Um momento.*

A estratégia parecia ter funcionado. Rapidamente, um senhor vestindo calça cinza e camisa social branca abriu a porta. Ele tinha um aspecto amigável e, ao ver Alê e Chris, pareceu não ter nenhuma dúvida de que elas eram, mesmo, duas convidadas.

— Boa noite — ele disse, pegando as sacolas com as garrafas. — A festa está acontecendo na piscina. Sabem o caminho?

— Sabemos — Chris falou como se fosse íntima da casa. — Mas queremos passar na cozinha antes para orientar a colocação dessas garrafas no gelo. Pode ser?

— Tudo bem — o homem trancou a porta e guiou as duas por um caminho de pedras cinzentas em aclive. A casa fora erguida sobre uma elevação, tinha dois andares e era rodeada por um jardim denso e perfumado.

O funk continuava a toda lá em cima:

"O batidão do popozão
Tá aí pra agitar e esculachar
Agita, batidão
Esculacha, popozão"

Estavam em território inimigo e já embaladas por uma trilha sonora dos infernos. Alê cochichou a Chris:

— Bem... Ninguém pode dizer que a gente não tem coragem.

— Em outras palavras: todo mundo pode dizer que somos totalmente loucas.

O acesso para a cozinha ficava na lateral mais afastada da casa. O homem levou as garrafas até a mesa da copa e saiu novamente.

Duas mulheres — uma bem jovem e outra beirando os setenta anos —, vestindo uniforme preto e branco de empregada doméstica, conversavam na cozinha, enquanto preparavam alguma comida no fogão. Chris e Alê entraram na copa no momento em que a mais velha dizia à mais nova.

— Essas meninas de hoje estão perdidas. Não sei por que a dona Matilde deixa a filha fazer essa bagunça dentro de casa.

— Dona Matilde é a primeira a dar essas festas. Já esqueceu como foi o Ano Novo?

— Se fosse filha minha, não ia ter essa moleza não.

— É para servir a comida na sala da TV?

— É. Já tem uma mesa lá. Quando o marreco, o arroz e o bobó ficarem prontos, põe aqui no aparador, que os garçons levam. Os pães e a salada vão depois.

Chris e Alê estavam num ângulo em que as empregadas não podiam vê-las. O curioso era que elas sequer tinham notado as sacolas com champanhe sobre a mesa da copa.

Intrigada com aquela conversa, Alê sussurrou a Chris:

— Jantar na sala de TV?

Chris alteou uma sobrancelha, pensativa:

— Talvez elas tenham combinado uma sessão de cinema...

O tempo voava e elas não poderiam ficar plantadas ali indefinidamente. Chris resolveu que era hora de começar a agir, mesmo sem saber direito o que fazer.

Ela fez um sinal para Alê e foi falar com as empregadas, abrindo seu melhor sorriso:

— Boa noite!

Alê foi atrás. As empregadas chegaram a se assustar, de tão concentradas que estavam no trabalho e na conversa, mas logo relaxaram:

— Olha, o jantar ainda vai demorar um pouco para sair — falou a empregada mais velha, tentando se justificar. Ela olhou uns três segundos além do normal para a roupa espalhafatosa de Alê. Sua expressão parecia querer dizer algo como: "mais uma peruazinha".

— Na verdade, a gente acabou de chegar — Alê apontou para a mesa da copa. — Trouxemos umas garrafas de champanhe. Onde é que a gente pode colocá-las para gelar?

— No freezer — disse a empregada mais nova, indo até a mesa e pescando as garrafas de dentro das sacolas. — Pode deixar que eu coloco.

Pelo pouco que tinha ouvido da conversa das duas, Chris percebeu que elas torciam totalmente o nariz para a festa e teve uma ideia:

— Eu adoro a Bruna, mas essa música que está tocando é horrível. Não estou com a menor vontade de ir lá para a piscina, acreditam?

— Nem eu — Alê fez coro.

— Posso falar uma coisa para vocês? — perguntou a empregada mais velha. — Vocês prometem que não contam para ninguém?

Chris e Alê balançaram a cabeça afirmativamente.

— A gente também está odiando essa barulheira. E pior ainda é o que está acontecendo lá na piscina. Tá uma bagunça que só vendo.

— Tem muita gente?

— Não tem muita, nem pouca — falou a mais nova. — Não sei se vocês me entendem?

— Entendemos! — Chris e Alê responderam ao mesmo tempo. — Será que a gente pode ficar um pouco aqui?

— Se vocês não se importarem com o cheiro da gordura...

— Se a Bruna ou outra garota perguntar, é só vocês não dizerem que nos viram aqui — falou Alê. — Na hora do jantar, a gente aparece lá e diz que se atrasou e coisa e tal.

— Vocês não preferem ficar na sala, que é mais confortável? — a empregada mais moça perguntou.

— Na sala, não — a mais velha contestou. — É muito perto da piscina. Uma das meninas pode aparecer e vai ver as duas lá. A saleta é melhor. Fica mais escondida.

— É mesmo — disse a mais moça. — Vocês sabem chegar na saleta? Eu posso levar vocês lá.

Chris e Alê concordaram e a empregada mais moça guiou-as para fora da cozinha. Passaram pela sala de jantar — de decoração espalhafatosa em torno de uma mesa de doze lugares — e, em seguida, dobraram à direita num recinto amplo de onde subia uma escada moderna, sem corrimões. Ela levava a um mezanino, onde havia uma sala não muito grande composta por um sofá, uma poltrona *bergère*, uma mesa de centro, um revisteiro, um móvel com TV e aparelhagem de som e um bar repleto de copos e garrafas, em cuja bancada havia um antigo (e cafona) telefone dourado de mesa.

A saleta era um recinto até despojado se comparado à opulência *kitsch* do restante da casa. Com certeza era usada pelos pais de Bruna para relaxar lendo, bebendo, ouvindo música ou vendo televisão.

A música tinha se tornado mais alta, o que significava que estavam mais perto do local da festa.

— É aqui a sala de TV? — Chris perguntou só para confirmar que não era, já que tinha ouvido que uma mesa havia sido posta na tal sala de TV para o jantar.

— Não — respondeu a empregada. — Aqui é a saleta. A sala de TV fica lá embaixo. É uma sala enorme, com um telão. Parece até um cinema.

Ou seja: era um *home theater*.

— A gente vai ficar um pouco aqui então — disse Alê. — Obrigada.

— Querem beber alguma coisa enquanto isso?

— Queremos, sim — respondeu Chris. — Você pode colocar uma daquelas garrafas que a gente trouxe num balde com gelo e trazer aqui, por favor? Vai dar muito trabalho?

— Trabalho nenhum — a moça era fofa. Com certeza, estava desabituada a ser bem tratada naquela casa, onde as grosserias de Bu, da família e dos amigos, deviam ser a norma. — Volto já.

Assim que ela saiu, Alê caminhou até a outra extremidade da saleta e afastou casualmente a cortina, revelando uma janela alta de vidro. Descobriu que a janela era voltada para a piscina e que ela proporcionava uma visão panorâmica da festa.

— Chris, chega aqui! — ela fez um sinal para a amiga, que correu para se juntar a ela.

Alê abriu uma das bandas da janela. No deque em torno da piscina, cerca de trinta pessoas, entre garotos e garotas, dançavam, com uma garrafa de vodca numa mão e um charuto aceso na outra. Naquele momento, eles rebolavam em dupla, batendo uma bunda na outra, enquanto a voz sebosa e molenga do cantor do funk repetia o refrão à exaustão:

"Bate o popozão
É o Batidão do Popozão
Bate o popozão
É o Batidão do Popozão
Bate o popozão"

Chris levou as mãos ao rosto, escandalizada:

— Caraca, que baixaria!!

— Você não viu nada — Alê fez um gesto bem para o meio da muvuca.

Chris firmou o olhar e foi então que viu: a professora Marta, vestindo um jeans justíssimo que devia ser um ou dois números abaixo do manequim dela, rebolava animadamente, esfregando o traseiro no de um garoto que devia ter metade da idade dela, enquanto mantinha o charuto grudado na boca.

— E ela é professora de História da Arte — riu Chris. — Quem diria, né?

Alê apanhou seu *smartphone* na bolsa e ativou a câmera. Primeiro, fez uma tomada rápida de toda a festa, centrando, depois, o foco em Marta e em seu par adolescente, totalizando pouco mais de um minuto de gravação. Elas tornaram a fechar a janela e as cortinas e Alê reproduziu o vídeo no próprio aparelho: a filmagem tinha ficado perfeita, nítida e o funk estava bem audível.

Chris olhou para Alê com ar vitorioso:

— Brilhante, Alê. Sabe que acabo de ter uma ideia?

Naquele momento, a empregada jovem apareceu com o champanhe aberto mergulhado no balde com gelo. Chris disse a ela:

— Você se importa em fazer mais um favorzinho para a gente?

Nisso, o *smartphone* de Alê — que estivera desligado desde o momento que Chris entrara no táxi em frente ao Club N — tocou. Ela reconheceu o número de Isa no identificador de chamadas e ao atender, levou um susto ao ouvir a voz de PH.

20

— Oi, Alê. Sou eu, amor.

PH estava, agora, totalmente debruçado no bar do *lounge*, enquanto a música ambiente tocava mais baixa do que antes.

Alê continuava muda do outro lado e ele completou:

— Por que *tu* não apareceu na festa?

— *Você está na festa?!* — Alê estava indignada. — *O que você está fazendo aí?*

— Te esperando.

— *O que eu quero saber é como você conseguiu entrar? Você não foi convidado...*

— A força do amor faz milagres.

— *Para, Pedro Henrique. Não vem como esse seu papinho doce para cima de mim, que eu não caio mais.*

— Eu te amo. Me perdoa?

Alê estremeceu. O coração era fraco, mas ela precisava ser dura para que Pedro Henrique não a fizesse de gato e sapato para sempre.

— *Por que está com o celular da Isa?*

— Ela foi legal e me emprestou. *Tu* não atendia às ligações que eu fazia do meu.

— *Ele estava desligado.*

— Onde é que *tu* tá?

— *Não interessa, Pedro Henrique. E vai embora daí. Vê se me esquece, tá legal?*

— Nunca vou te esquecer.

Mas Alê já tinha desligado o telefone.

* * *

Isa tinha certeza absoluta de que não conhecia o garoto de cabelo à máquina que não desgrudava do celular. Seria ele o namorado novo de uma das amigas? Mas então por que estaria sozinho na pista? E por que tinha corrido daquela maneira atrás de Chris, quando ela saiu?

Ela falou a Rogério:

— Está vendo aquele cara de cabelo curtinho ali do outro lado? — ela perguntou, mexendo a cabeça na direção dele. — Você sabe quem é?

Rogério olhou e fez que não.

— Não conheço ninguém aqui além de você. E da minha mãe, claro.

Dalva continuava bebendo sem parar. Sua expressão tinha se suavizado e ela parecia sonolenta.

Isa se aproximou um pouco mais de Rogério. Naquela distância, ela podia sentir o cheirinho dele, algo como xampu misturado com alguma água de colônia suave.

— Não acha que devia fazer sua mãe parar? — ela perguntou, baixinho. — Daqui a pouco, ela vai dormir.

— Tomara que durma — Rogério sorriu. — Assim a gente pode conversar mais à vontade.

Isa amou aquilo. *Fofo!*

No entanto, ela continuava preocupada. O carinha desconhecido mantinha o celular suspenso na mão e o apontava para todas as direções. Parecia estar fazendo uma ligação atrás da outra.

Não, nada disso.

Ele parecia estar tirando fotos da festa.

Isa não gostou daquilo.

* * *

Alê encerrou a ligação antes que cedesse à tentação e saísse correndo para encontrar Pedro Henrique no Club N. Ela nem conseguiu ouvir o pedido que Chris fizera à empregada, que tinha acabado de deixar a saleta.

Chris abriu a garrafa de champanhe e serviu a bebida em *flûtes* que ela apanhou no bar.

— Quem era? — ela perguntou. — Aquele sem noção do seu namorado?

— Acredita que ele está na festa? — Alê apanhou uma *flûte* e se sentou no sofá. — Como é que ele conseguiu entrar?

— Ele deve ter inventado alguma história envolvendo o seu nome — deduziu Chris. — O namorado de Alessandra Penteado ou coisa do tipo. Você, afinal, não estava lá para autorizar ou não a entrada dele.

Alê deu de ombros. Sentia uma saudade imensa de Pedro Henrique. O coração chegava a doer, mas ela não queria que Chris percebesse isso. A gozação seria inevitável.

— O que você pediu para a empregada fazer? — Alê mudou de assunto.

Chris tomou um gole do champanhe.

— Trazer a professora Marta para cá — ela respondeu calmamente.

Alê sentiu um calafrio.

— E se a Bu ou alguma daquelas lambisgoias perceber?

— Temos que correr o risco.

Houve um instante de silêncio e Alê fez a pergunta que estava entalada na sua garganta desde que entraram na casa:

— Não te dá medo saber que estamos aqui, na casa da Bu, com todas as amigas dela lá embaixo?

Claro que dava, mas Chris fingiu tranquilidade. Alguém tinha que estar calmo naquela hora.

— Eu te juro que adoraria estar em qualquer outro lugar — ela limitou-se a dizer.

— Essas garotas estão completamente bêbadas, Chris. Isso se não tiverem tomado outro tipo de química mais, digamos, ilegal. Elas estão descontroladas.

Num gesto que Alê não entendeu, Chris aproximou-se do antigo telefone dourado sobre o balcão do bar e retirou o receptor do gancho.

— Nós só vamos embora daqui quando tivermos descoberto o segredo dessa festa — Chris apanhou uma terceira *flûte* e a pousou sobre a mesa. — E é a Marta que vai nos contar tudo.

21

— O quê? — perguntou Marta, com a voz já molenga de tanta vodca. — Telefone para mim?

A empregada fez que sim.

— Mas quem descobriu que eu estou aqui?

— Não sei, não senhora. Mas parece que é uma coisa urgente.

Marta deixou o copo e o charuto sobre uma das mesas em volta da piscina e acompanhou a empregada para dentro da casa. O funk continuava a toda e se alguém percebeu a conversa da empregada com Marta, não deu a mínima.

Isso incluía Bu Campello, que estava no chão abraçada a um carinha sem camisa. Os dois se beijavam e apalpavam gulosamente. Naquele ritmo, não surpreenderia se acabassem promovendo uma performance erótica para os convidados.

Mas esse não era bem os planos de Bu que, acariciando os cabelos do rapaz, disse, com a voz dengosa:

— Daqui a pouco, vamos para o *home theater*. Acabei de saber que a verdadeira atração da noite está para começar.

— Você é muito louca! — exclamou o rapaz, com visível satisfação.

Bu soltou uma gargalhada perversa:

— Hoje aquelas barangas me pagam.

* * *

Marta seguiu a empregada pelos salões do térreo e não entendeu muito bem quando tiveram de subir uma escada.

Ela subiu os degraus devagar para não perder o equilíbrio. Sua cabeça pesava e girava e sua visão estava levemente turva.

Ela, no entanto, estava lúcida o bastante para se fazer quatro perguntas: 1) Como alguém descobriu que ela tinha ido àquela festa?; 2) Como essa pessoa sabia o telefone da casa?; 3) Como a empregada a reconheceu no meio de trinta convidados?; 4) Se era uma emergência, por que não telefonaram para o seu celular?

Já no mezanino, a empregada conduziu Marta até a saleta e esta quase teve uma síncope ao ver duas alunas da Internacional, Christianne e Alessandra, sentadas num sofá, bebendo champanhe.

Será que ela tinha exagerado na vodca e estava sonhando com tudo aquilo? Será que ela, na realidade, não estava desmaiada ao lado da piscina, nocauteada pela bebida?

Chris apontou para o telefone em cima do bar:

— Telefone para a senhora, professora. É o diretor Fonteles.

Marta olhou à volta. A empregada já tinha se retirado. Alê fechou a porta da saleta e quase teve ânsia de vômito ao sentir o coquetel fedorento que exalava do corpo e da boca de Marta: uma mistura de charuto, álcool e suor.

— Vocês contaram para ele que eu estou aqui? É isso?

Chris e Alê não disseram nada. Marta caminhou hesitante até o aparelho, como se estivesse dando seus últimos passos em direção à forca. Apanhou o telefone, emitiu alguns "alôs", mas não havia ninguém na linha. Chris tomou o receptor da mão dela e recolocou-o no gancho.

— Ainda não contamos nada — ela voltou a se sentar, cruzando as pernas. — Mas o diretor vai ficar escandalizado quando assistir ao vídeo.

— Que vídeo?

Respirando pela boca, a fim de não ter de sentir o fedor da professora, Alê chegou perto dela e lhe mostrou, na tela do seu *smartphone*, as cenas que tinham sido gravadas na piscina.

Marta entrou em pânico.

— Vocês não têm o direito de invadir minha privacidade assim. Estou fora da escola. Posso me divertir como bem entender.

— Nós também achamos — respondeu Alê. — Mas não sei se o diretor Fonteles vai concordar com a gente. A senhora sabe como ele é conservador e paranoico com a imagem da escola.

— Pois é, professora — concordou Chris. — Se esse vídeo cair na internet, vai ser um escândalo para a escola. O diretor vai ter um treco.

Marta sentou na *bergère*, encolhendo-se toda. Estava quase chorando. Chris e Alê sentiram pena dela, mas tinham de ir adiante.

— Vocês vieram aqui só para acabar comigo. Não foi isso?

Silêncio.

— Como vocês souberam que eu estava aqui? — continuou Marta.

— Isso não vem ao caso — falou Chris, enchendo a terceira *flûte* com champanhe e oferecendo-a a Marta — Está servida?

Marta não conseguia nem mais pensar em álcool sem que seu estômago fosse tomado por convulsões. Ela recusou e Chris pousou a taça na mesa.

— Vocês vão mesmo mostrar esse vídeo ao diretor?

— Vamos, sim — disse Alê. Ela fez uma pausa e acrescentou: — A não ser que...

Marta se endireitou na poltrona, alerta ao último filete de esperança que lhe restava:

— A não ser que — Chris arrematou — a senhora conte agora o que Bruna Campello está armando contra a gente? Ela deu essa festa por quê?

Marta se atrapalhou ao responder:

— Ué, é uma festa... como qualquer festa. Ela quis reunir os amigos.

— Eu tenho o e-mail do diretor aqui no meu telefone — falou Alê. — Basta eu mover um dedo e mando o vídeo para ele agora.

— Isso é chantagem — gritou Marta. — É jogo sujo!

Chris viu o pouco que lhe restava de paciência se esgotar. Fulminando Marta com o olhar, ela caminhou em silêncio na direção dela e inclinou-se até as duas ficarem com os rostos quase colados. Chris ignorou o bafo de Marta e disparou:

— Escuta bem o que eu vou dizer agora: eu, a Alessandra e a Isabel somos tão alunas da Internacional quanto a Bruna, a Amanda e todas aquelas mocreias fedorentas que foram suspensas essa semana. Se a senhora estiver do lado delas contra a gente, vai ser uma prova de mau-caratismo seu e aí nós não vamos só te denunciar ao diretor. Vamos te processar na Justiça. Então é melhor a senhora falar logo o que as suas amiguinhas vadias estão armando nessa festa maldita, porque nós sabemos que elas estão armando alguma coisa. E torça muito, torça bastante para que elas não façam nada, porque senão a senhora vai dançar do mesmo jeito.

Inclinada para trás, Marta encarava Chris com os olhos vidrados, aterrorizada.

— Fui clara? — Chris perguntou, em tom de ultimato.

Marta balançou a cabeça, assustada.

— S-S-S...Sim.

— Então fala logo: o que a Bruna está aprontando? Por que ela deu essa festa?

Marta afundou na poltrona. Passou a língua nervosamente pelos lábios, fazendo ruídos que indicavam que a boca estava seca.

— Antes de mais nada, vocês precisam acreditar no que vou dizer agora: eu não sei de plano nenhum da Bruna contra vocês.

— Nós acreditamos — retrucou Alê, com ironia. — E em Papai Noel, também. Afinal, a Bruna é uma santa.

— Estou falando a verdade. Bruna não disse, pelo menos para mim, que a festa era para fazer alguma coisa contra vocês. Ela só falou que nós iríamos assistir a um vídeo divertido de uma outra festa que está acontecendo hoje.

Chris e Alê trocaram um olhar apreensivo.

— Ela disse que festa era essa?

— Não. Falou que era aqui no Rio. Parece que vai ser uma transmissão ao vivo.

— Por isso o jantar vai ser servido no *home theater*?

Marta fez que sim, e completou:

— Juro que não sei de mais nada.

Chris recostou-se no bar, com a mão no queixo e declarou:

— Onze chances em dez dessa festa ser a nossa.

— Onze? — rebateu Alê. — Eu diria que são quinhentas chances em dez. Mas o que de tão divertido pode haver lá para a Bu querer assistir?

Chris pôs a cabeça para trabalhar.

— Com certeza, alguma coisa muito ruim para a gente. De qualquer maneira, se vai haver uma transmissão ao vivo, isso significa que tem alguém lá dentro com uma câmera. Algum traíra entre os nossos amigos, um penetra ou até mesmo um garçom comprado pela Bu.

— Temos que tirar o pessoal de lá, então — Alê virou-se para Marta. — A que horas a Bu marcou a sessão de vídeo?

— Acho que às onze.

Eram dez e meia. Alê apanhou seu telefone e ligou para o número de Isa. Mas quem atendeu foi PH.

— *Oi, amor. Estava morrendo de saudades. Tu já tá vindo?*

— Pedro Henrique, chama a Isabel, por favor?

— *Primeiro, diz que me ama.*

Alê expeliu o ar dos pulmões, exasperada. Chris olhava-a, aflita, fazendo sinais com as mãos e a boca para ela andar rápido.

— Pedro Henrique, é uma emergência. Parece que vai acontecer alguma coisa séria aí no *lounge* e o pessoal precisa sair depressa.

— *Qual é, Alê? Tá querendo me enganar? Isso é o quê? Algum plano teu para eu cair fora e não conseguir entrar de novo?*

Agora sim. A capa romântica tinha caído e o Pedro Henrique de verdade, estourado e totalmente sem noção, acabava de se revelar novamente.

Alê se descontrolou:

— Chama a Isabel, Pedro Henrique! Agora! Ou nunca mais falo com você. Vai! VAI!!!

22

— Isso tudo tem uma razão — disse Rogério, fazendo um gesto envergonhado para a mãe que parecia prestes a cochilar na poltrona por causa das muitas taças de champanhe. — No ano passado fui vítima de *bullying* na escola em que eu estudava.

Isa o ouvia com máxima atenção. Ela agradeceu a si mesma por não ter bebido uma única gota de álcool. Assim, podia curtir intensamente cada momento passado com Rogério, saborear cada palavra dita por ele e ouvir sua voz com nitidez.

Agora, o DJ executava uma sequência de músicas lentas e alguns casais dançavam abraçadinhos. Alguns se beijavam. Isa queria estar lá. Mas tudo tinha sua hora.

— Foi tudo meio fora do meu controle — continuou Rogério. — A professora de geografia passou um trabalho de grupo e a Larissa, a garota mais bonita da turma, pediu para entrar no meu. Ela era meio burrinha e sabia que eu e meus amigos faríamos todo o trabalho e ela ficaria com a nota. Só que ela passou a se sentar do meu lado nas aulas todos os dias e o Bruce, um carinha que estava a fim dela, não gostou. Achou que a gente estava junto. O Bruce era o líder do grupo de brigões da turma e eles passaram a implicar comigo e a me zoar direto. Diziam coisas horríveis. Queriam me humilhar e conseguiram. Mas não ficaram satisfeitos. Principalmente depois que o Bruce tentou ficar com a Larissa e ela deu o maior fora nele. Aí, o cara ficou maluco e resolveu descontar a raiva dele em mim.

Isa já imaginava como aquela história tinha terminado e sentia seu coração pequenininho ao pensar em todo o terror que ele passou.

— Um dia, ele e os amigos dele me cercaram numa esquina perto da escola e me deram uma surra feia. Eu não entendia porque estava apanhando, já que não tinha feito nada contra eles, mas não podia reagir sozinho contra cinco caras fortes. Fui parar no hospital. Não sei como não fiquei aleijado. Foi milagre.

Isa estava perplexa e totalmente solidária a ele. Sua vontade era pegá-lo no colo e enchê-lo de carinhos. Como alguém podia cometer uma violência daquelas contra uma criaturinha tão doce?

— Minha mãe ficou preocupada e não sossegou enquanto não denunciou os agressores à polícia — continuou Rogério. — Saí da escola, apaguei todos os meus perfis na internet, nos mudamos de bairro e, aí, ela me matriculou na Internacional. Desde aquela época ela morre de medo que isso me aconteça de novo e é por isso que não me larga. Ela acha que a zona sul do Rio é pequena e que as pessoas acabam se cruzando uma hora ou outra. Ela estava com medo que eu viesse sozinho à festa e encontrasse algum colega da outra escola aqui.

E, com certeza, também era por isso que Rogério era tão reservado e calado na turma. Talvez fosse uma maneira de passar o mais despercebido possível dos colegas. Falando pouco com eles, ele também corria menos riscos de dizer algo que pudesse desagradá-los. E, assim, provocar alguma reação indesejada.

Apesar de tudo, de todo o drama, ele parecia tranquilo. Ou seria apenas controlado? Talvez ainda sentisse medo de sair sozinho e de se aproximar de grupos grandes de meninos. Não era fácil viver hoje em dia, com tanta violência, com tanta agressividade.

Agora Isa entendia porque Rogério, ao vê-la sendo agredida na porta da Internacional por Bu e companhia limitada, chamou a polícia. Ele se solidarizava com ela, porque vivera situação semelhante, embora ainda mais dramática. Isa não tinha medo de Bu e, mal ou bem, já se acostumara àquele clima de confronto eterno que existia há anos entre elas.

— Eu entendo você — disse Isa. — E entendo sua mãe. Infelizmente essas coisas acontecem muito.

— Eu não fui covarde naquele dia. Simplesmente não tinha como reagir.

— Você não precisa se explicar para mim.

Isa sentia uma imensa afinidade com Rogério. Percebeu que os dois viviam na mesma sintonia. Mas ele não tinha dado nenhum sinal de que estava a fim dela. Nem um olhar, nenhuma palavra mais sugestiva que pudesse ter um segundo sentido. Isa estava insegura. Mas resolveu separar a emoção da razão e tentar pensar objetivamente: o garoto era tímido e reservado. Obviamente não agiria como no sonho, em que a abraçou e beijou cinematograficamente. Ele devia se achar esquisito, deslocado, sem atrativos — e ele não era nada disso. Quer dizer: era só deslocado, mas Isa daria um jeito nisso logo. Afinal, foi essa a desculpa que deram para convidar Rogério: apresentá-lo a outras pessoas.

— Você vai se dar muito bem com a nossa galera — ela disse. — É um pessoal inteligente, divertido e totalmente do bem. Eles vão gostar de você também.

— É todo mundo que está aqui na festa?

— Quase todo mundo. Estão faltando algumas pessoas. A Chris e a Alê, por exemplo, não estão. Mas devem estar chegando — ela se levantou. — Vamos dar uma circulada para você conhecer a galera?

Rogério sorriu e também se pôs de pé. Mas não conseguiram ir adiante, pois PH surgiu na frente deles.

— Oi, PH — disse Isa, meio intimidada com a maneira com que ele chegou. — Deixa eu te apresentar. Este é o Rogério. Rogério, este é o Pedro Henrique, namorado da Alê — ela se atrapalhou. — Quer dizer, ex-namorado, mas que logo vai voltar a ser namorado...

PH sorriu amarelo e estendeu o celular para ela:

— A Alê quer falar contigo. Obrigado por me emprestar o seu celular.

Ele falou aquilo com alguma amargura. Isa não soube o que responder além de um "obrigada".

— Oi, Alê — ela disse, encostando o aparelho no ouvido.

— *Isa, não temos tempo a perder, então presta atenção: você, por acaso, consegue ver se tem alguém aí filmando a festa?*

— Vocês contrataram alguém para filmar?

— *Não. A Bu Campello colocou alguém aí dentro para filmar. Não sei por que ainda. Vê isso para a gente agora, por favor. É uma emergência.*

Isa nem precisou pensar muito, pois seus olhos pararam no carinha desconhecido, com o celular. Ele parecia estar tirando fotos, mas na verdade estava filmando.

Isa falou sobre ele para Alê, que, então, pediu:

— *Tira uma foto dele, sem ele perceber e manda para o meu celular. Vou ficar esperando* — e desligou.

Isa ajustou o seu celular para o modo "câmera" e bateu três fotos em ângulos diferentes, enviando-as para o número de Alê. Rogério e PH olhavam para ela sem entender nada.

— O que a Alê queria de tão urgente? — PH perguntou. — Ela parecia nervosa.

— Ela acha que a Bu Campello mandou alguém para cá para filmar a festa.

— E daí?

— Ela está achando que isso é parte de algum plano diabólico.

Em menos de cinco minutos, o celular de Isa tocou de novo. Alê.

— *Quem é esse cara das fotos?* — ela perguntou, parecendo possessa. — *Nunca vi mais gordo em toda a minha vida.*

— Sei lá. Pensei que era amigo de vocês.

— *Claro que não! Nós lá somos amigas de trogloditas?* — Alê pigarreou. — *Quer dizer, tirando o Pedro Henrique, é claro.*

Ainda bem que ele não ouviu aquilo.

— *Como esse cara conseguiu entrar aí?*

— Da mesma maneira que o PH.

— *Vamos ter que ter uma conversa muito séria com a administração do Club N* — *Alê estava revoltada.* — *O controle de entrada está muito frouxo. Olha: vocês precisam tirar esse garoto daí. E arrancar o celular da mão dele. Chame a segurança. JÁ!*

Isa ficou toda arrepiada.

— T-T...Tudo bem.

— *Volto a te ligar daqui a pouco. Tchau!*

Isa estava pálida quando desligou o celular.

— O que aconteceu?

Isa indicou sutilmente o garoto anônimo com o celular.

— Parece que o espião da Bu é aquele garoto ali.

PH virou-se para olhá-lo. Era o carinha que ele achava que Chris queria apresentar a Alê.

— A Christianne e a Alê não conhecem ele? Tem certeza?

— Absoluta. Eu também não conheço.

PH sentiu um mistura de ânimo e raiva. Ânimo por descobrir que o cara não era quem Christianne pretendia apresentar a Alê como ele imaginava. E uma raiva irracional por ele ter sido o causador não-intencional de toda a sua angústia naquela noite. Na cabeça de PH, se o cara não estivesse ali, ele não teria ficado tão pra baixo.

E era um penetra. Um maldito penetra.

Como ele próprio, aliás. Mas isso era um detalhe. PH, afinal, entrara na festa com as melhores intenções: se reaproximar amorosamente de Alê. Enquanto aquele outro era um bandido.

PH sentia que toda a sua tensão acumulada nos últimos dias e, naquela noite em especial — com a devida colaboração dos vários copos de ponche —, tinha formado um bolo na sua garganta que precisava ser posto para fora de qualquer maneira. Sentindo a cabeça fervendo, ele partiu em direção ao cara, ignorando os protestos de Isa, que pedia para ele não se meter.

PH se colocou na frente do cara que, obviamente, não esperava aquela abordagem.

— E aí, *mermão*? Tá ficando boa a filmagem?

O cara não conseguia responder nada. Naquele momento, o celular dele começou a tocar. PH apanhou-o e arremessou-o longe.

— Perdeu, *rapá*. Agora *tu* vai se ver comigo.

E deu o primeiro soco. A música cessou de imediato e todo mundo parou para assistir. Isa correu para chamar a segurança.

23

Faltando quinze minutos para as onze — hora combinada para o início do que Bu Campello chamava de "operação barangas" —, ela interrompeu o amasso gostoso com o garoto de quem nem sabia o nome, e foi para um canto dar um telefonema rápido. Ao apanhar o celular no bolso do jeans justíssimo, viu que tinha recebido duas mensagens de texto.

As duas eram de Marcos Caveirinha, que estava na festa do trio de barangas, naquele clubezinho metido a besta na Gávea. Na primeira, enviada havia quase uma hora, ele comentava que Alessandra não tinha aparecido. Na segunda, mandada vinte minutos atrás, dizia que ela ainda não tinha chegado e que Christianne saíra de repente e não voltara mais.

Preocupada, Bu telefonou para ele. A linha chamou várias vezes, mas Caveirinha não atendeu. Ela tornou a ligar, novamente sem sucesso. Sentindo os nervos ferverem, Bu entrou ventando pela casa e se atirou no primeiro telefone fixo que encontrou, fazendo mais uma tentativa. Desta vez, ouviu uma mensagem informando que o celular de Caveirinha estava desligado ou fora da área de cobertura.

Amanda Amaral apareceu na sala, completamente de porre, a ponto de tropeçar nos próprios pés. Ela perguntou o que estava havendo.

— Aquela anta do Caveirinha não atende o celular — respondeu Bu.

— Dá uns dez minutos e tenta de novo.

— O problema é que ele deixou que aquelas barangas saíssem da festa. Só a Isabel lourinha tá lá. A Alessandra e, principalmente, a baranga-chefe, a Christianne — Bu fez um biquinho debochado para pronunciar o nome da inimiga — foram embora. Sem elas, não dá para começar a diversão. Não vai ter graça. DROGA!

— Ah, mas elas já devem estar voltando para a festa, né? — argumentou Amanda, soltando uma gargalhada desafinada de bêbada. — A Christianne é toda metida a fina, sabe? Ela não ia largar os convidados dela pra trás. Isso não é fino, né?

— Eu preciso falar com o Caveirinha de qualquer jeito. Qual o telefone desse Club N?

— Mas se você ligar pra lá, como é que a pessoa que atender vai saber quem é o Caveirinha? — Amanda voltou a rir, como se estivesse se achando engraçadíssima. — Ela vai fazer o quê? Chamar por ele nos alto-falantes: "Caveirinhaaaaaaaaaaa!!"

Bu preferiu fazer de conta que não tinha ouvido aquela idiotice.

— Eu tenho que saber onde a Christianne e a Alessandra estão.

— Estou aqui!

Bu viu todo o seu corpo se retesar ante o maior susto que, sem exagero, ela levara em toda a sua vida. A voz, conhecida e detestada, viera de cima. Do mezanino.

Ela ergueu devagar o rosto até ver Chris de pé no alto da escada. A baranga usava um vestido preto que caía perfeitamente sobre o corpo esbelto e estava com uma *flûte* de champanhe na mão.

— A minha festa estava muito chata e resolvi vir para cá — completou Chris, tomando um gole do champanhe. — Desculpe não ter te avisado antes. Mas eu não queria interromper o agito lá fora. Você e seus dragões da insolência pareciam estar se divertindo tanto...

A perplexidade de Bu era tão fulminante que ela não conseguia dizer nada. Só fitava Chris com os olhos esbugalhados. Chegou a pensar se não estaria tendo uma alucinação por causa da bebida.

Amanda Amaral também estava paralisada. E não é que ela até ficou bem na roupa comprada na FRIX?

Chris foi descendo os degraus da escada devagar.

— Então quer dizer que o Caveirinha não está atendendo os seus telefonemas? — ela indagou, com ironia. — Que coisa chata, hein?

— Como é que você entrou aqui? — Bu perguntou, num rosnado.

— Andando.

— Você entendeu a minha pergunta. Não se faça de sonsa!

— Só não vá descontar toda essa raiva nos seus empregados. Eles não têm culpa. São uns amores. Ainda mais por terem que conviver todos os dias com um lixo de gente como você.

Bu tinha vontade de voar para cima de Chris e socá-la até não poder mais, mas ainda lhe restava uma sobra de lucidez que avisava que isso só iria prejudicá-la. Já bastava a confusão com Isabel na terça e Bu se arrependia muito daquilo. Não por ter humilhado aquela garota fresca, nem pela suspensão, mas por ter ido parar numa delegacia.

Além do mais, ela precisava descobrir o quanto Christianne sabia do plano daquela noite. E ela parecia saber muito, o que era péssimo, já que o sigilo era o seu maior trunfo para garantir um álibi convincente que a mantivesse bem longe das acusações que certamente seriam disparadas contra ela.

— Essa casa é minha — falou Bu, se obrigando a parecer mais controlada. — Você não tem o direito de ir entrando como bem entende. Vai embora agora!

— Com o maior prazer. Ou você acha que o sonho dourado da minha vida é ficar com você embaixo do mesmo teto? Já basta termos que dividir a sala de aula cinco vezes por semana.

— Se você não sair na boa, eu vou ter que mandar tirar você daqui à força.

Chris deu dois passos à frente e fitou Bu nos olhos:

— Você é surda? Eu já disse que vou. Mas antes você vai me explicar direitinho que ideia foi essa de mandar um amiguinho seu filmar a nossa festa. E é bom que você tenha uma explicação muito boa, porque vai ser muito chato para você ter que ir duas vezes a uma delegacia numa semana só. E desta vez, eu garanto que você não vai se safar tão rápido.

* * *

O soco de PH atingiu em cheio o maxilar esquerdo do outro cara, pego totalmente de surpresa. Durante alguns segundos, ele ficou estatelado no chão, com a mão sobre o local do soco, olhando atônito para PH, como que tentando processar o que havia acabado de acontecer.

Um círculo de gente havia se formado em torno deles e alguns (os homens, é lógico) começavam a gritar coisas tipo "é briga" ou "o pau vai comer". Bando de manés.

Mas a vantagem de PH durou pouco e o carinha reagiu, jogando-se em cima dele e acertando-o no rosto e num dos ombros. Os dois começaram a rolar no chão e se socavam com uma fúria tão descontrolada que pareciam inimigos de décadas acertando as contas acumuladas num clima de "é tudo ou nada".

PH logo caiu em desvantagem, pois seu adversário era muito mais forte e, pela forma como golpeava e se defendia, parecia ser praticante de alguma luta marcial. Ao contrário de PH, que só brigava com Alê e com os caras que ele imaginava estarem dando em cima dela — e mesmo assim eram brigas sempre verbais. Quando muito, num ataque de raiva, ele quebrava alguma coisa, mas ninguém nunca saiu ferido.

Toda a raiva que PH sentira no começo — e cuja origem exata era ignorada até por ele próprio — se dissipou e ele caiu em si, dando-se conta, tardiamente, de que se excedera. O outro carinha, ao contrário, tinha a expressão toda congestionada por um ódio animalesco e parecia decidido a lavar a própria honra com o sangue de PH. Ele deu uma chave de braço e perguntou, trincando os dentes numa careta assassina:

— Por que você fez isso, cara? Você estragou tudo.

— Tudo o que?

— Chega! Vamos parar, vamos parar — uma voz masculina gritou acima deles. PH viu dois seguranças do Club N se aproximarem para separá-los. Seu adversário relutou em encerrar a briga e se afastou contrariado. PH descobriu que acabara de conquistar um inimigo fiel, que o arrebentaria com prazer na primeira oportunidade.

Isa, que tinha chamado a segurança, chegou perto de PH, que estava imobilizado por um dos homens:

— Você enlouqueceu? Não era para ter feito nada disso.

— Mas *tu* tinha dito que esse garoto é o espião da Bu...

— Eu acho que é ele, mas não tenho cem por cento de certeza. E se ele for inocente? Você parou para pensar que o amigo da Bu pode ser outro? — Isa olhou ao redor, desolada. A festa, definitivamente, tinha acabado. — Quando a Chris e a Alê souberem do que aconteceu, vão ter um treco.

— Desculpa.

Rogério não tinha se levantado de onde estava principalmente por causa da mãe, que exausta e embalada pelas taças a mais de champanhe, estava completamente grogue e sem a menor ideia do que acontecia à volta. Mas havia também o trauma do ano anterior, que ainda calava fundo dentro dele. Todo aquele ambiente de briga lhe fazia mal. Ele precisava tomar alguma coisa. Uma água gelada seria ótimo.

Sempre atento à mãe, Rogério foi até o bar, no momento em que o bartender fechava uma mochila que estava no chão. Ele parecia apressado.

— Você pode me arrumar um copo d'água, por favor?

O bartender apenas lançou um olhar ligeiro para Rogério, antes de responder:

— Estou de saída.

— Mas a festa ainda está rolando. Quem vai ficar no seu lugar?

O bartender não respondeu e começou a se afastar. Rogério, instintivamente, percebeu que havia alguma coisa errada e foi falar com Isa:

— O cara do bar está indo embora.

Isa ficou surpresa:

— Mas ele nunca sai antes das três. Ele está passando mal?

— Não. Estou achando muito esquisito. Acho melhor você dar uma olhada.

O bartender estava começando a descer a escada. Isa e Rogério foram na direção dele.

— Ei, moço — Isa gritou. O bartender fingiu que não ouviu e apressou o passo escada abaixo. Isa e Rogério foram atrás e o alcançaram na saída.

— Aonde você está indo? — perguntou Isa. — Ainda não são nem onze e meia.

— Tenho que ir.

Uma ideia louca passou na cabeça de Isa e ela não poderia deixar o bartender sair sem esclarecer aquela dúvida. Ela deixou o *lounge* e falou para os dois seguranças que estavam na porta:

— Não deixem esse cara ir embora. Parece que ele está envolvido com a briga que aconteceu lá em cima.

O bartender entrou em desespero ao ser abordado pelos dois homens e levado de volta ao *lounge*. Eles abriram a mochila para ver se o bartender não tinha furtado nada e descobriram dois pacotes suspeitíssimos guardados dentro de uma sacola plástica. Um dos seguranças, que trabalhara na polícia, viu na hora do que se tratava. Ele tinha apreendido muita "mercadoria" igual àquela em operações policiais das quais participara.

Antes mesmo que o bartender pudesse confessar tudo, Isa descobriu, com verdadeiro horror, a dimensão do plano que tinha sido montado contra elas. Era muito pior do que ela havia imaginado nos seus pensamentos mais sombrios.

24

— Nós ainda vamos ficar muito tempo aqui? — perguntou Marta a Alê. — O que deu na Christianne para sair daqui desse jeito?

Alê se fazia a mesma pergunta. As duas continuavam sentadas na saleta e, na maior parte do tempo, mantinham um silêncio constrangido. Alê gostaria muito de confiar em Chris, mas achou que ela fora precipitada em descer para confrontar Bu.

— A senhora pode ir embora quando quiser — disse Alê com a voz calma, indiferente à sorte da professora. — Acontece que se aquelas lambisgoias quadrúpedes te virem saindo daqui, vão sacar que a senhora está conspirando com a gente. Isso pode fazer com que a senhora siga direto desta casa para um cemitério.

Marta amarrou a cara. O efeito do álcool parecia ter diminuído um pouco e ela, num tique nervoso, ficava coçando a nuca e os joelhos numa espécie de coreografia ridícula.

— Droga! — ela resmungou.

Dois minutos de silêncio e o celular de Alê vibrou (ela tinha silenciado a campainha para não atrair a atenção de quem estivesse lá embaixo). O visor indicava que a chamada partia do celular de Isa, mas Alê ficou em dúvida se atendia ou não, afinal podia ser Pedro Henrique.

Após alguns segundos intermináveis de dúvida cruel, ela decidiu atender. Se ouvisse a voz do mané, era só desligar.

Mas era Isa.

— Alê, presta bem atenção no que eu vou contar. Você está sentada?

Alê gelou, certa de que o plano de Bu, fosse qual fosse, tinha se consumado.

— Estou.

— Está tudo bem aqui — Isa se apressou em informar. — Mas foi por pouco. Você não tem noção do que a Bu armou para a gente.

Ela, então, contou o que o garoto misterioso — que atendia pelo apelido de Marcos Caveirinha — e o bartender tinham revelado. Os dois estavam, agora, sendo levados para a delegacia. Eles foram contratados por uma tal de Jane que não conheciam pessoalmente e que, provavelmente, era Bu ou alguma amiga dela. Alê ficou chocada, como era de se esperar.

Por fim, Isa falou da briga entre Caveirinha e PH, que precipitou a solução do caso. Alê só conseguiu dizer:

— Esse barraqueiro era outro que devia ir preso.

* * *

Chris e Bu encaravam-se sem piscar, num duelo tenso e silencioso.

— Vamos, Bruna Matilde — insistiu Chris. — Estou esperando uma resposta. Por que você mandou um cara filmar a nossa festa?

Bu cruzou os braços e assumiu uma expressão ainda mais insolente:

— Não mandei ninguém filmar festa nenhuma.

Aquela afirmação soou como um soco no estômago de Chris. Bu devia achar que ela era a maior otária.

— Eu ouvi você reclamando que o tal Caveirinha deixou que eu e a Alê saíssemos da festa e que ele não atendia o celular.

— Você ouviu errado.

Chris olhou para Amanda, que continuava na sala, sem esboçar nenhuma reação. Nem para dar apoio moral a Bu. Ela parecia morrer de medo das duas.

— Havia mesmo um cara lá filmando tudo. Isa tirou fotos dele e mandou para a gente.

— Não tenho nada a ver com isso.

— Não adianta mentir nessa altura dos acontecimentos. Eu sei que você está envolvida até a raiz dos cabelos.

— Então prove.

Bu era explosiva, mas também sabia se precaver. Por isso, tinha organizado aquela reunião em casa. Para ela e as amigas terem um álibi forte caso a polícia as procurasse. Pois Christianne, Alessandra e Isabel, com certeza, a denunciariam. E fizera tudo em segredo para não haver risco de algum penetra indesejado aparecer e flagrá-las assistindo ao vídeo em que a prisão do trio de mal-amadas seria exibido — primeiro numa sessão privativa só para convidados naquela noite e, em seguida, em todos os canais de vídeo da internet para o mundo inteiro assistir.

Ela comprara um celular e uma linha pré-paga usando identidade falsa e contratou, pela internet, Caveirinha e o bartender usando um nome falso: Jane. Eles não tinham como denunciá-la, pois nem sabiam quem era Bruna Campello.

Era um plano perfeito, que liquidaria definitivamente com a pose daquele trio insuportável de patricinhas. Mas algo saíra errado e não iria acontecer mais nada. Bu, então, resolveu negar tudo. Christianne não poderia incriminá-la sem provas.

Chris teve a percepção daquela realidade no mesmo instante em que os garçons começaram a atravessar as salas de visitas até o *home theater* carregando bandejas com o jantar e as bebidas. O funk, para o bem dos tímpanos de todos, tinha sido desligado.

Por um momento, o silêncio entre as duas foi envolvido pelos murmúrios da galera seguindo em bando para o jantar. Amanda aproveitou a deixa e foi também.

— É só isso? — indagou Bu a Chris.

Ouviram as batidas apressadas de saltos de sapatos contra madeira. Alê estava descendo a escada. Bu reparou no tomara-que-caia de oncinha e na saia mínima que ela usava e não conseguiu conter uma risadinha maldosa.

— Ei, garota — zombou ela. — Ninguém te avisou que o carnaval é só no final do mês?

Alê nem prestou atenção à alfinetada e retrucou na lata:

— E ninguém te avisou que tráfico de drogas como o *ecstasy* é crime?

Chris dirigiu um olhar atônito a Alê:

— *Ecstasy*?

Alê fez que sim.

— Dois pacotes. Um com comprimidos e outro com a droga em pó. Estavam lá na festa. Sabe qual era o plano, Chris?

O rosto de Chris estava sério. Pela primeira vez em dias ela se sentia realmente assustada.

— O *ecstasy* em pó seria adicionado a todas as bebidas servidas na festa a partir das onze — enquanto falava, Alê encarava Bu. — Quando todo mundo estivesse bem doido, a polícia seria chamada e invadiria a festa por causa de uma acusação de que estariam vendendo drogas a adolescentes e encontraria o pacote com os comprimidos de *ecstasy* escondido num canto. Um exame médico comprovaria a suspeita, já que todo mundo estaria cheio da droga no corpo. Tudo isso, é claro, seria filmado. A Bu pensou em tudo. Ela tinha dois cúmplices lá: um dos bartenders que era o encarregado de adicionar a droga a todas as bebidas e a levar os comprimidos e o garoto que ninguém conhecia, chamado Caveirinha. Ele ficou de registrar em vídeo o rosto de cada um dos convidados e a confusão que aconteceria com a chegada da polícia.

Chris parecia que tinha sido golpeada na cabeça por um pedregulho. Estava zonza.

— Daí — prosseguiu Alê —, o vídeo seria editado e distribuído para toda a internet, com os nomes e sobrenomes de todo mundo que estava na festa. Com destaque para as três organizadoras.

Por mais que tivesse Bu na pior conta possível, Chris custava a crer que ela havia descido àquele ponto. Percebeu, abismada, que se elas não tivessem encontrado Amanda totalmente por acaso naquela tarde na FRIX, jamais saberiam da festa e estariam agora caindo direitinho na armadilha.

— Isso que ela está dizendo é verdade, Bruna Matilde?

Bu deu de ombros, indiferente:

— Como é que eu vou saber?

— O Caveirinha e o bartender confessaram tudo para a polícia — informou Alê. — A Isa ouviu. Parece que eles foram contratados por uma mulher chamada "Jane". Eles estão presos.

Bu parecia tranquila até demais, o que não combinava com ela nem em dias normais. Se não a conhecessem tão bem, Chris e Alê seriam até capazes de acreditar na alegada inocência dela.

Na verdade, Bu sabia que ninguém poderia incriminá-la, a não ser que Tadeu Almada, um dos convidados da festa no Club N resolvesse cismar com o fato de, na última hora, ele ter sido levado a mudar de planos. Isso porque o garoto estava a fim de Amanda e Bu, sabendo disso, resolveu chamá-lo para acompanhar a amiga na festinha que ela daria naquela noite. Como foi tudo agendado à tarde, Tadeu nem teve tempo de avisar a Christianne que não poderia ir. Bu, então, instruiu Caveirinha a se apresentar na entrada do *lounge* do Club N como sendo Tadeu Almada. Ninguém lhe pediu documentos, o nome constava da relação de convidados e ele entrou numa boa.

Tadeu devia estar, naquele momento, no *home theater*, jantando animadamente com todos os outros. Ele, com certeza, levaria o maior susto, caso resolvesse aparecer na sala e flagrasse Chris e Alê ali. Seria até engraçado. Como será que elas reagiriam?

— Vocês estão perdendo tempo aqui — Bu disse. — Querem me acusar? Podem me denunciar à polícia. Mas levem alguma prova de verdade contra mim. Duvido que vocês encontrem.

Alê cruzou os braços.

— Quem mais teria interesse em armar um plano desses contra a gente além de você?

— É isso o que vocês vão dizer à polícia? — indagou Bu, cheia de sarcasmo. — Quem garante que alguém lá vai acreditar em vocês? E como vocês vão explicar o carregamento de *ecstasy* na festa? Mais do que isso: como vão provar que ele não foi levado para lá por vocês mesmas?

As palavras de Bu atingiram Chris em cheio. Era terrível admitir aquilo, mas a mocreia estava com a razão. Elas não tinham mesmo provas fortes. E se começassem a querer ir muito fundo na história do *ecstasy*, Bu poderia mexer seus pauzinhos novamente para que o caso fedesse para o lado delas.

O ideal seria que elas tivessem dado o flagrante no *home theater*, no momento em que o vídeo estivesse sido exibido para a plateia de lambisgoias às gargalhadas. Mas talvez aí fosse tarde demais, pois todos na festa já estariam alucinados por causa da mistura do ecstasy com a bebida. E como prova do crime, talvez adiantasse pouco, a menos que dessem o flagrante junto com a polícia.

Elas não conseguiriam fazer justiça. Mas, por outro lado, Bu não consumara sua grande vingança. Pelo menos não daquela vez. Isso já devia estar sendo uma megafrustração para ela. O que bastava para tornar aquele fim de sábado mais alegrinho.

25

A festa tinha acabado e o *lounge* começava a se esvaziar. Isa se despediu de alguns amigos, pedindo desculpas e depois procurou por Rogério e pela mãe dele. Não os encontrou em parte alguma.

Dez minutos depois caiu em si e admitiu que eles tinham ido embora. E sem se despedir dela.

Ela passou no banheiro e se debruçou na bancada da pia, mirando-se no espelho. Era bonita, apesar das poucas sardas e da timidez que a deixava meio sem-graça. Mas tinha atrativos. Tinha um corpo legal, sabia se vestir e era bem feminina. Não entendia por que não conseguia se soltar mais. Queria namorar, viver com mais emoção. Mas para isso teria de se valorizar primeiro. Não adiantava querer ser amada, se ela própria não se amava direito.

Rogério era uma gracinha, fofo, lindinho, meigo. Mas era tão inseguro quanto ela, senão mais. Até para vir a uma festa, tinha que trazer a mãe junto? Isa entendia os motivos dele, mas não sabia se era esse tipo de cara que devia namorar. Isa precisava de alguém mais ousado. Um homem de verdade que a conduzisse para algum lugar. Não que se escondesse junto com ela.

Chris tinha inventado aquela festa para aproximá-la de Rogério. Isa poderia dizer tudo, menos que a festa fora em vão. Ela pode não ter formado um novo casal, mas ajudou Isa a abrir um pouco mais os olhos para a realidade e para o que ela verdadeiramente queria num relacionamento.

Ela retirou a maquiagem do rosto e prendeu o cabelo num rabo de cavalo. Ao sair do banheiro já não havia mais ninguém no *lounge*. Ela desceu a escada, saiu para o ar fresco da noite e, mesmo sabendo que o que iria fazer poderia ser arriscado, não vacilou em nenhum momento. Ela precisava fazer aquilo.

Caminhou sozinha pelas ruas arborizadas e silenciosas da Gávea até a praça do Jóquei, que fervia em mais uma das já lendárias noites do Baixo, tomada por muita muvuca e azaração. Atravessou a rua e andou até um ponto de ônibus. Esperou dez minutos até aparecer um.

Isa entrou, pagou e sentou-se junto a uma janela. Sentiu um arrepio de excitação como se estivesse fazendo algo deliciosamente proibido. Pela primeira vez na vida, voltaria para casa sozinha. Mas seus pais não precisariam saber disso. Seria um segredo só dela.

O ônibus começou a andar. Isa esqueceu Rogério, a festa, a briga, o plano de Bu e inspirou com imensa satisfação o ventinho que entrava pela janela aberta do veículo em movimento. Sentiu o aroma da liberdade.

* * *

Alê e Chris deixaram a casa de Bu num táxi que pediram pelo celular e que, felizmente, chegou rapidamente. Quando o veículo terminou de descer a Estrada das Canoas e ganhou a Autoestrada Lagoa-Barra no sentido Gávea, as duas suspiraram aliviadas.

— Só espero que a Bu tenha aprendido uma lição e não apronte mais nada contra a gente — disse Alê, de repente.

— Não conte com isso — retrucou Chris. — Não se esqueça de que ela ainda não conseguiu se vingar. Ela vai tentar de novo. Temos que continuar atentas.

Pela janela, a visão em movimento da noite de São Conrado, iluminada, silenciosa, serena e arejada, indicava que o mundo estava completamente alheio à confusão em que tinham se metido. Isso, por um lado, era angustiante, pois mostrava o quão insignificantes elas eram diante da grandiosidade do mundo — como todas as pessoas, aliás. Por outro, era reconfortante saber que a crise com Bu era apenas uma parte minúscula da realidade, o que reduzia bastante a sua dimensão, por pior que fosse. Havia muitas coisas boas acontecendo naquele exato momento. Para que se focar num episódio pequenino que, por mais estressante que tivesse sido, não causara impacto nenhum na humanidade como um todo?

— Tem certeza de que vai fazer isso mesmo?

Alê concordou.

— Não dá para esperar até amanhã. Vai ser bem rápido.

O táxi entrou na Gávea e rumou diretamente para a Rua Major Rubens Vaz — vizinha ao Jardim Botânico —, onde ficava a delegacia do bairro. As duas se despediram ali mesmo e Chris disse, quando Alê desceu:

— Boa sorte!

O táxi arrancou, levando Chris para casa, em Copacabana. Alê se encaminhou para entrar na delegacia, mas não foi preciso. A porta de vidro tinha se aberto e PH, mancando e com o rosto pontilhado por feridas e manchas arroxeadas, acabara de sair. Ao seu lado, estavam o pai e outro homem, que devia ser o advogado.

Ele e Alê se olharam demoradamente, em silêncio. Alê sentiu pena por vê-lo todo machucado. PH parecia observar, em especial, a roupa dela que, obviamente, tinha detestado. Em qualquer outra circunstância, a simples visão daquele conjunto de tomara-que-caia de oncinha com microssaia preta já seria motivo para um escândalo. Mas ali, saindo com o pai de uma delegacia, onde fora indiciado por agressão, ele estava moralmente impedido de perder a linha, sob pena de o delegado o chamar de volta.

Alê deu dois passos adiante e cumprimentou o pai de PH. Ele era uma versão quarentona de PH e tudo na sua aparência e no comportamento meio arrogante parecia dizer "eu sou o Pedro Henrique amanhã". Coitada da mulher dele.

Ele também pareceu impressionado com a roupa escandalosa que Alê vestia, mas obviamente essa era a menor das suas preocupações naquela noite.

— Como é que você está? — Alê perguntou a PH. Ela queria saber sobre os ferimentos, mas PH pareceu ignorar o interesse e disparou, nitidamente contendo com todas as forças, a raiva que o consumia:

— *Tu* foi à festa com essa roupa indecente? Teus peitos estão quase de fora...

— Eu não fui à festa — Alê desconversou. Não estava nem um pouco a fim de se justificar.

— Eu sei. Te esperei lá a noite toda. Foi aonde?

O pai e o suposto advogado de PH tinham se afastado um pouco a fim de deixá-los conversar a sós.

— Não é da sua conta.

— Não? Então o que é que *tu* veio fazer aqui? Se exibir pra mim? Mostrar pra todo mundo que *tu* se divertiu à noite com outro carinha e que tá numa boa com ele?

Era muita grosseria e Alê sentiu que podia ter passado sem ouvir uma coisa assim, ainda mais depois de uma noite de cão como aquela. Sua vontade era de nem responder e ir embora imediatamente, mas isso faria com que ele se enchesse de razão, dando-lhe mais combustível para continuar se comportando como um ogro insensível. Ela precisava se manter sob controle para que ele percebesse que algo teria de mudar entre os dois, se a vontade mútua era retomar o namoro.

— Eu vim saber como você está.

Ele esboçou uma sugestão gélida de sorriso.

— O que é que *tu* acha? É só olhar para a minha cara e *tu* vai ver que eu estou ótimo.

— A Isa me contou o que aconteceu. Por que é que você provocou essa briga?

— Fiz isso pensando em vocês. A Isabel falou que aquele carinha estava filmando a festa e quem tinha mandado ele fazer aquilo tinha sido aquela garota escrota de quem vocês não gostam.

— Eu sei que não foi por isso, Pedro Henrique. Você estava com dor de cotovelo achando que a Chris ia me apresentar a um garoto e achou que fosse esse cara.

— Eu ouvi a Christianne falando isso.

— Você deve ter pego a conversa no meio e entendeu tudo errado. E fez papel de trouxa. Eu odeio violência. Acho horrível esse negócio de homem saindo no tapa por causa de mulher. E odeio ainda mais esse seu ciúme doente. Eu não te dou motivo nenhum para desconfiar de mim.

— Como não? Geral fica azarando você em todo lugar que a gente vai. Como *tu* acha que eu me sinto?

— Geral pode fazer o que quiser. Eu não tenho controle sobre o comportamento dos outros. O que você precisa entender é que eu nunca te dei razão para ter ciúmes. Sempre fui super correta com você e com o nosso namoro. Isso é o que interessa e não como os homens me olham. Não estou nem aí para eles.

— E o que é que *tu* quer que eu faça? Que fique parado, sem fazer nada, enquanto os caras te comem com os olhos e te azaram como se *tu* estivesse sozinha? Eles não veem que tem um macho contigo?

Ela sacudiu a cabeça com desdém.

— Você é muito ridículo. Se comporta como um homem das cavernas.

Alê, então, se lembrou que sua mãe se referira a PH exatamente naquelas palavras e se viu forçada a concordar com ela.

— Eu não tenho sangue de barata. Só isso.

— Você tem sangue de asno.

PH soltou o ar dos pulmões com força, demonstrando impaciência.

— *Tu* veio aqui pra quê, afinal? Para me ofender? Se foi por isso, pode ir embora. Já apanhei demais por hoje. Não preciso de mais gente batendo em mim.

Alê franziu os lábios a fim de evitar que tremessem. Ela tinha vindo esperando encontrá-lo fragilizado e, portanto, mais humanizado. Mas mesmo todo arrebentado por fora, o casca grossa continuava o mesmo. Doía nela perceber que a reconciliação estava cada vez mais improvável. Mas ela sabia que se fizessem as pazes agora, seria de acordo com os critérios dele. PH continuaria se comportando do mesmo jeito até a próxima briga, que levaria a uma nova separação e a um outro reatamento dias depois. Era um ciclo que não tinha fim e ela já estava cansada daquilo.

— Eu gosto e me preocupo com você.

Os olhos de PH reluziram de esperança.

— Isso quer dizer que *tu* topa ficar comigo de novo?

Alê ficou tensa. *Respire fundo, respire fundo*.

— Não. Pelo menos até você rever esse seu comportamento. Eu quero namorar um homem e não um leão de chácara. Espero que esses dias que você vai passar em repouso sirvam para você refletir sobre o rumo que sua vida tomou e o tipo de troglodita em que você está se transformando.

PH franziu o rosto, contrariado. Seu orgulho de macho não permitia que ele fosse ofendido daquela maneira. Antes que ele tivesse tempo de dar uma resposta, Alê despediu-se:

— Tchau, Pedro Henrique. Desejo melhoras para você.

E virou as costas, afastando-se pela calçada. PH gritou:

— Não fica esperando que eu vá te procurar. Porque eu não vou, tá me ouvindo? Não vou mais correr atrás de você!

Alê não diminuiu o passo e continuou andando, sempre em frente, sem muita ideia de onde estava indo. Ela jurou que, desta vez, não iria chorar. Mas ao alcançar a segunda esquina, descobriu que não conseguiria cumprir a promessa. E não cumpriu.

26

Dois dias depois, na segunda-feira, a suspensão de Bu e das amigas dela continuava valendo. Elas, provavelmente, só voltariam à escola na sexta ou, então, na segunda seguinte.

Por isso, naquela manhã, a Escola Internacional da Guanabara seguia na maior tranquilidade. Chris, Alê e Isa tinham acordado cedo e se encontrado na confeitaria situada quase ao lado para tomarem juntas o café da manhã antes de seguirem para a aula. Agora, elas tinham acabado de cruzar o portão da escola e caminhavam calmamente em direção às salas, enquanto conversavam.

Alê estava profundamente aborrecida com PH e não queria nem ouvir falar dele. Depois do encontro na delegacia, ele não cumpriu o juramento de não procurá-la mais e, desde a tarde anterior, lhe telefonava de uma em uma hora. Por causa da briga, PH tinha recebido ordens médicas de passar toda a semana seguinte em repouso absoluto, o que, para ele, estava sendo uma verdadeira tortura. Isolado em casa e angustiado com o distanciamento de Alê, ele começava a procurar desesperadamente algo com o que se ocupar e tentar reconquistar a ex-namorada parecia ser a opção mais óbvia.

Isa argumentou com Alê que a briga na festa tivera um lado bom: levou o bartender a se denunciar. Mas Alê não se convenceu. Porque ela sabia que aquilo poderia ter acontecido em qualquer circunstância. E não foi porque tivera um efeito benéfico que se tornava aceitável. No fundo, porém, ela se preocupava com PH e, em algum momento daquela semana, telefonaria para os pais dele para saber notícias.

— Será que até o fim da semana vocês voltam? — provocou Chris.

— Não começa, tá? — Alê se enfezou.

— Desta vez tá demorando muito, Alê — Isa fez coro.

— Tadinho do menino — continuou Chris. — Está lá na casa dele, com o rosto todo machucado. Ele deve estar precisando de uma enfermeira.

— Ele que se dane — falou Alê, ríspida. Mas nem ela acreditava nas próprias palavras.

Despediram-se no corredor. Alê seguiu para a sua turma e Chris e Isa para a delas. Assim que se sentaram nos lugares de sempre, as duas viram Rogério entrando na sala. Isa ficou tensa quando ele, num gesto inesperado, se sentou na carteira ao lado delas.

— Oi!

Rogério falou com tanta naturalidade que Isa não podia se dar o direito de não se soltar também.

— Oi.

Chris também o cumprimentou:

— Oi! E aí? Gostou da festa?

Rogério sorriu.

— Muito. Quando vai ser a próxima?

E aí ele pediu desculpas a Isa por ter saído sem se despedir. A mãe tinha se sentido mal. O que eles acharam que era sonolência, na verdade, foi uma queda de pressão. Dalva era hipertensa e tomava remédios fortes que, às vezes, baixavam a pressão demais. Os goles a mais de champanhe, no caso, colaboraram.

— Pensei em te mandar um *e-mail*, mas achei que era melhor falar pessoalmente.

Fofo!

— E sua mãe, está melhor? — ela perguntou, com naturalidade.

— Está. Ela pediu para te agradecer por tê-la recebido bem na festa.

E eu tinha escolha?, Isa pensou com azedume.

— Posso me sentar aqui?

Isa olhou rapidamente para Chris que, do outro lado, a tinha cutucado com o cotovelo, como se dissesse: "vai fundo".

— Normalmente quem senta aí é a Flávia, eu...

— Ela concordou em trocar comigo. Falou que quer ficar mais perto dos professores.

Quer dizer que ele tinha pedido à Flávia para se sentar ali?, pensou Isa.

Isa percebeu que toda aquela reflexão que fizera no fim da festa sobre o perfil do namorado que deveria buscar tinha acabado de ir para o espaço. Rogério era um garoto especial, do tipo que não aparecia todos os dias. Seu coração lhe pedia que fosse adiante e tentasse conhecê-lo melhor. Afinal, só tinha se passado uma semana desde que se viram pela primeira vez. E talvez nesse processo ele revelasse características que ela não tivera, ainda, a chance de descobrir.

Ela sorriu para ele, que retribuiu. E os dois, então, foram forçados a olhar para frente, quando a professora Marta, ostentando olheiras fundas, entrou na sala. Chris, Isa e Alê continuavam sem fazer a menor ideia de como ela tinha saído da saleta e se juntado novamente aos convidados da casa de Bu. E isso nem importava mais. Marta ajudou-as bastante — totalmente contrariada, é verdade — ao falar do vídeo "divertido" que seria exibido na festa e graças a isso, os dois elementos infiltrados no *lounge* puderam ser desmascarados.

Seja como for, a conversa com Marta não havia terminado e elas ainda tinham contas a acertar. Dali em diante, as coisas seriam diferentes.

Marta deu a aula normalmente, evitando o tempo todo olhar para Chris e Isa. E elas perceberam. No final, quando a professora começou a juntar os livros e pastas em cima da mesa, preparando-se para sair, Chris e Isa foram até ela. Marta encarou-as, desconcertada, sem esconder o nervosismo.

— Bom dia, professora! — saudou Isa. — Está tudo bem?

— A senhora parece abatida... — comentou Chris.

Elas falavam baixo para ninguém mais escutar a conversa.

Marta engoliu em seco.

— O que vocês querem? — a raiva contida era evidente na voz dela.

— A senhora é mal-educada, hein? — ironizou Isa.

— É mesmo — concordou Chris. — Viemos aqui para dizer que não estamos com a menor vontade de falar por aí da baixaria de sábado e a senhora nos trata assim?

Marta grunhiu, entredentes:

— O que eu faço ou deixo de fazer nas noites de sábado é problema meu!

— Também achamos. Mas contamos com a sua boa vontade daqui para frente para não aliviar mais tanto a barra da Bruna e das amigas dela e prejudicar a gente — disse Chris. — Não é justo. A senhora pode ir às festas dela, mas aqui na escola a senhora tem que tratar todo mundo do mesmo jeito.

— Eu nunca tratei ninguém diferente aqui.

— Bem, tomara que tenha sido só impressão nossa — comentou Isa. — Mas o que a gente quer dizer mesmo é que gostamos da senhora e não queremos prejudicá-la.

— É verdade — emendou Chris, estendendo um envelope para Marta. — Trouxemos até um presente para selar essa nossa nova fase de "amigas civilizadas".

Marta apanhou o envelope com hesitação. Abriu-o e retirou uma foto. Era um *snapshot* impresso do vídeo que Alê fizera de Marta dançando o "Batidão do popozão" na beira da piscina de Bu. A imagem mostrava as bundas da professora e do garoto com quem ela dançava se juntando numa pose meio grotesca.

— O vídeo está bem guardado — sorriu Chris. — Tomara que a senhora aceite o nosso gesto de amizade e pare de proteger aquele bando de mocreias, quando elas estiverem de volta. Sabia que isso pega muito mal para a senhora?

Marta guardou a foto com violência no envelope e enfiou-o na bolsa.

— Mais alguma coisa? — ela perguntou, apanhando os livros.

— Acho que não — disse Isa. — Para nós esse assunto está morto. E esperamos que para a senhora também.

Marta fez um gesto afirmativo com a cabeça. Ela tinha entendido o recado. E iria colaborar. Dali em diante, nada mais de favorecimentos para Bu.

— Até quinta, professora — Chris despediu-se, vitoriosa, antes de Marta sair ventando pela porta da sala.

(?)

Como deu para perceber, as “Bem Resolvidas” não são, assim, muito bem resolvidas. Pode ser que com o tempo isso mude. Ou não.

Mas é claro que a história dessas garotas não acaba por aqui. Na verdade, ela está só começando. E na próxima elas vão passar por novas confusões/conflitos em pleno Carnaval.

Será que Isa vai ficar com Rogério? Ou, quem sabe, ter um relacionamento mais sério com ele?

Alê e PH voltam ou não voltam? Será que dessa vez a briga foi mesmo feia e os dois não vão querer se ver nunca mais?

Isa conseguirá driblar a vigilância dos pais e manter a sua tão sonhada liberdade ou tudo não passou de uma distração do destino?

Bu Campello dará uma trégua às odiadas "barangas"? Ela exagerou na dose e o melhor a fazer nessas horas é se esconder por uns tempos. Mas se tratando de Bu... Nunca se sabe, não é verdade?

E Chris? Corre um boato de que ela vai passar por maus pedaços em breve. Parece que ela não anda lá muito feliz com a própria vida e quer dar uma virada. Talvez a aparente segurança de Chris seja só fachada. Aliás, tudo indica que é mesmo e que, por trás dela, bate o coração frágil de uma garota tão ou mais mal resolvida do que as outras.

Por essas e outras que você não pode perder o próximo volume da saga As Bem Resolvidas (?),"Amiga não fura olho". Será que elas conseguirão passar pelo próximo Carnaval?

Este livro foi composto na tipologia
Lapidary333 BT, em corpo 14,
e impresso em papel pólen 80 g/m^2
1ª edição – julho de 2011.